レジェンドノベルス
LEGEND NOVELS

ゲーム実況による攻略と逆襲の異世界神戦記（アウタラグナ） 1

contents

レジェンドノベルス
LEGEND NOVELS

ゲーム実況による攻略と逆襲の異世界神戦記（アウタラグナ）

1

01 プロローグ

クソゲーな人生を送りつつ、マゾゲーをやりこむというライフスタイル。

やっぱりちょっと無理があったんだろうか。

「おんや、嬢ちゃん、まあたふさぎこんでるんかい？」

ボロボロな幼女になって皺くちゃなお婆さんに抱き締められる夢って、どうなんだろう。

どういうメンタルが影響しているんだ、これ。

「ええんよ。誰だって失敗するし、恥もかく。後悔もたくさん。そんなもんさあ」

割と励まされちゃうあたり、やっぱストレスなのかなあ。

最近休んでいないし。ゾンビみたく満員電車に揺られてさ。あれって現代の奴隷船だよなあ。

「泣かんでええのよ。悪口なんてものは、誰でも言われてしまうものだし、全員に好かれるわけにゃあいかんもんさ……神様だってそうなんだから」

そらまあ確かにね。うん。

「大丈夫大丈夫。あたしらはお互い様なんよ。だから人間なんよ。ひとりぼっちはさみしいもの。人ってえだけじゃ、悲しいものなあ」

うーん。ちょっと耳が痛いや。

だって、仕事はちゃんとやっているつもりだけど……プライベート、ひとりぼっちだし。

誰かの幸せを眺めるばっかりだもの。ずうっとさ。

特になにかに恵まれたわけでも、なにかに乏しかったわけでもなくて……ただなんとなく、いろんなものを見過ごし続けて。ぼんやりとしていて。

だから、また見過ごしちゃった。

お婆さん。あなたって、どんな顔をしていたっけ。

憶(おぼ)えているのは、皺に囲まれた、白目の色だけ。薄闇の中にふたつまあるく浮かび上がって、冬空のお月様みたいでさ。

わななく唇で、きっと、伏せてとか逃げてとか叫ぼうとしていたんだよね?

そして突然の、閃光(せんこう)と轟音(ごうおん)。衝撃と暗黒。

後はもうめちゃくちゃで……わけがわからなくなって。

うわ、息ができない。

苦しい。夢なのに苦しい。

どっちが上でどっちが下だよ。身体が重い。身体が痛い。つらいつらいつらい。

必死に伸ばした手に何かが触れた。硬くて、しっかりとした、大きなもの。それをつかむ。流れに逆らって、それへしがみつく。

流れ?

そうだ、流れがある。ここ、水の中だ。流されたら溺れちゃう。死んじゃう。

必死に登る。水中で木登りとか、どういうことだよ。

しがみついた幹が太い。ああ、これ、イチョウっぽい大樹だ。なぜかわかる。村の外れに立っていた、立派なやつだ。葉を黄色く輝かせていたやつだ。

水面を破った。

破るなり吐いた。吐かなければ吸えない。吸わなければ生きられない。今はとにかく生きなきゃならないんだ。しびれる身体（からだ）が死と苦を拒んでいる。

また大きな音。なんだ。雷だ。遠雷が轟（とどろ）き渡（わた）ったから。

見た。世界を、見た。

なんだよ……これは。

赤銅色の夕焼けを、遥（はる）か遠い地平に望んでさ。

頭上には鈍色（にびいろ）の雨雲が、眼下には墨色の洪水が、競うように稲妻と白波を閃（ひらめ）かせているなんて。

悪夢じゃん。

いや、それにしたって質（たち）が悪いよ。どういうんだよ。理不尽すぎる光景だろ。

乱れた息のままに、見渡すと。

波間になにかある。小島が散在している。誰かいる。黒衣の男女。重そうな武器や鎧（よろい）をひけらかして、雄叫（おたけ）びを上げている。

あれは……ヴァンパイアだ。その軍隊。褐色の顔に黄色い瞳の。

濡（ぬ）れた髪を払って、見上げると。

雲間にもなにかいる。人影が散見できる。白衣の男女。身軽そうな装いをゆらめかせて、悠然と宙に浮いている。

あれはエルフだ。その軍隊。白色の顔に細長い耳の。

「これで引き分けのつもりかしらね！　戦場を台無しにして！」

高く響き渡る声。誰。あいつか。

小島のひとつに立つヴァンパイア。金髪の少女……え、あれって。あのデザインって。

「枯れ枝なら枯れ枝らしく、さっさと土へ還るのが世界の道理というものよ！」

少女が鉄の棒を振るや、なにかが破ける音と共に、烈光。

まぶしい。放電。視界にひっかき傷をつけられたみたいだ。

でも、誰にも当たらない。大波にぶつかって消えた。未練げな残響が散らかる。

波の後ろにはエルフがいる。水面にたたずむ、紫髪の優男……って、うわ、あのキャラは。

「血吸いが道理を語るとは、笑止ですね。世を乱す元凶の分際で」

低く響いてくる声。やばい。なにをするつもりだ。村を沈めただけじゃ飽き足らずに。

音を立てて水が渦巻きはじめた。自然現象じゃない。あいつの力だ。

「溺れてしまいなさい」

水がせり上がる。そして跳ねる。水でできた大蛇。人間を丸呑みにできそうなほどの。

「嗤えるわ！　こんな児戯！」

少女の棒で打たれて大蛇が弾けた。まばゆい光の一撃。いや、雷撃。

もしかして、それか？

それでさっき、吹き飛ばされたのか？

それが、お婆さんを、消し飛ばしたっていうのか？

「底が知れるわよ！　『水底』ともあろう者が！」

「ふ、『黄金』とは名ばかりのヒヨコ武者が、何やら鳴いていますよ」

少女と優男に『黄金』と『水底』に続けとばかりに、ヴァンパイアとエルフが騒ぎはじめた。

地上からは太鼓の音までする。うるさいほどに粗暴で、野蛮だ。

空中からは笛の音すらする。鬱陶しいほどに居丈高で、執拗だ。

あっちでもそっちでも、どんちゃん騒ぎで。どいつもこいつも、お祭り気分で。

「あっははは！　死になさいな！　ほら、打ち砕いてあげるから！」

「結構です。速やかに沈みなさい」

雷光が閃く。水流が逆巻く。

とてつもない魔法の応酬の余波で、大樹が幾度も揺れる。枝葉が散る。きしむ。きしむ。

なんて夢だ。とんでもない悪夢だ。

歯を食いしばり、幹へ必死にしがみつく。樹皮に爪を立てる。

ん？　身体が震えている……怖くも寒くもないのに。

これは？　この、熱いやつはなんだ？

腹の底から湧き上がるような、これは……。

「……みとめ、ない」

言葉が口をついて出た。幼い声だ。

「みとめない、ワタシは」

勝手にしゃべっている……いや、幼女自身が話しているのか？

だんだんと力が抜けてきた。身体の自由がきかない。

どんどんと操作しづらく……ん？　操作していたのか？

これは、どういう夢なんだ⁇

手がかざされた。細く小さな手。幼い手。

騒々しくしているやつらと、明滅する世界へ向けて、真っ直ぐにそれは伸ばされた。

濡れそぼった身体で精一杯に胸を張って、素足で枝を踏みしめて、大きく口を開いて。

「ワタシは！　こんなせかい！　みとめない！　ぜったいに‼」

涙が溢れた。

幼女の頬を、熱いものがとめどなく流れ落ちていく。

どの耳にも届いていないからだ。

世界へ向けて放たれた幼女の言葉を、誰も彼もが聞いちゃいない。相手にしていない。

いや……そんなことないか。いるじゃないか。

ここにいる。

ここでちゃんと聞き届けているぞ。大丈夫だ。

泣けて泣けてしかたがないなら、もういっそ、泣き切ってしまえ。

一生分の涙を、今ここで。

お婆さんや他の皆が沈んでいるに違いないここへ、全部、捧げてしまえよ。

「ささげる……うん、そうする」

おお、心が伝わってくる。

激情が幼女の身体を震わせている。

「なまえも、ささげる。おもいでもささげる。すきなのもきらいなのも、ほかのものも……ワタシのぜんぶを、ささげるから……」

目が、合った。

黒い黒い瞳の奥に、赤々と、火の色を潜ませているんだな。

こんなに寒々しい世界なんだ。正しいよ。それくらいでちょうどいい。ふさわしい。

「……だから、かみさま。ワタシにちからをちょうだい」

夢だ、これは。夢であるべきだ。

こんな幼女が神様に戦う力を乞い願うなんて、どうなのさ。

そんなの悲惨だ。そんなの誰も望んじゃいない。まったく、どこぞのマゾゲーじゃあるまいし。

うん……そうだよ。今はっきりとわかった。

この人間絶望の世界観。設定。デザイン。キャラ。魔法。

紛(まご)うことなく、あのマゾゲーだよ。随分とやりこんだやつだ。

ドラゴンデーモンRPG。通称ドラデモ。

なんか、またやりたくなってきたな。

ダウンロード販売限定のデラックス版、買ったきり放置していたし。追加要素について調べていないのも、かえって新鮮でいいかもしれない。

よし、やるか。連休をつかって。

どうせなら、生実況でさ。

夢見の悪かった朝だけど……そんなことを思い立ったからか、なんだか胸が熱いや。

少し、震えてもいる。

02

ドラデモ的キャラ決定について／騎士は回想する、少女との邂逅(かいこう)を

ワタシは何も迷わない。

大いなる存在に救われ、愛され、導かれているから。

◆ドラデモ生実況・その一◆

自販機前でどのコーヒーにするか悩む時間が癒やし。迷える幸せって、あるよね。

はい、というわけで！

はじめましてオアおひさしぶり！　いもでんぷんです！

今回の実況は「ドラゴンデーモンＲＰＧ・ＤＸ」をやっていきたいと思います。

視聴者の皆さんは知っていますかね、これ。この純外国産ゲーム。

オープンワールド形式かつフリーシナリオなアクションＲＰＧで、自由度もやりこみ要素もデータ量も半端じゃなくて……そして、制作チームの常識を疑いたくなる類(たぐ)いのマゾゲーです。

ＰＶにある「剣と魔法の世界で大冒険を」なんて宣伝文句がバカらしくなる鬼畜仕様です。

まず、タイトルから罠(わな)あり。

ドラゴンもデーモンもいるにはいますけど、敵として出会ったなら死にます。ぶっ殺されます。

ほとんど強制死亡イベントです。味方であってもしばしば殺され……おっと、はじまりますよ。

あー、オープニングは素敵ですねえ。

さすがはデラックス版。ゴージャスでハピネスな感じです。イケメンが勝ち鬨(かちどき)上げたり、美少女がニコってしたり。

でも嘘(うそ)。こんなの幻想。夢も希望もない世界設定ですもん。心折(しんせつ)設計ですもん。

ま、そこがおもしろいんですけどねー。

さてと、操作キャラは……すぐ死んじゃうかもですけど、やっぱり美少女がいいですよね。とりあえずランダムメイクで……って、あれ？

これ……この子って……。

ま、まあいいや。なんか、すごくいい感じのが来ましたね。これにしちゃいましょう。

名前……名前は……クロイでいいか。黒髪だし。

君の名は、クロイ！　君に決めた！

ところで、気づきました？　このゲーム、種族と性別と外見しかいじれないんですよ。

あとは全部運任せです。なんという博打(ばくち)仕様。「無限の運命が君を待つ」とか、ホント的外れなキャッチフレーズだと思います。

種族は見てのとおり人間です。超絶不人気種族です。

まあ、そのほうがこのゲームの魅力が伝わりやすいかと。絶望の海で溺れ楽しむ的な？

決定ボタンをポチッとな。

さあ、運命の「開始地点ロール」の始まりです！

これの結果で能力値やスキルも決まりますから超重要です。生まれでほぼ全部決まるとかホント夢のないゲームですよね。無駄なリアル仕様。余計なお世話ですマジで。

さてさて、何が出るかな？

貴族とか高級軍人とかだと、初期ステータスがいろいろとおいしくて、多少は攻略難易度が下がるんですけどね……あ、うっわオワタ。これはオワタ。

奴隷て。よりにもよって奴隷て。

人間で奴隷って文句なしの最劣悪スタートですよ。奴隷の二乗ですよ二乗。

だって、人間ってだけで基本的に奴隷みたいなもんですから。ゲーム内で抜群のマゾ度を誇る最弱種族なんですもの、人間ってば。

このゲーム、ドラデモ、世界設定が人間に対してえげつないんです。

大陸の四割はヴァンパイアが支配していて拡張傾向あり。

もう四割はエルフが支配していて絶賛防衛中。

残りの二割を人間が支配している……というか、緩衝地帯として住まうことを許されている的な感じなんです。被差別対象の隷属種族って感じで。言っていて悲しくなる酷さ。

そもそも、生物としての戦闘力が違うんですよね。

身体能力としては「ヴァンパイア、人間、エルフ」の順に強くて、魔法能力としては「エルフ、人間、ヴァンパイア」の順に強いんですけど……こう説明すると人間も悪くないんですけども。

種族ごとの補正がバランスをブレイクしているんです。人間を徹底的に冷遇する方向で。

ま、おいおいその辺の理不尽さをお見せしていければ……って。

読み込み長いなー。どんだけー。

ちなみに奴隷スタートは確定ですけど、どんな奴隷かっていうのはこれまたランダムです。このゲームは自由度を履き違えているところが多々あります。

剣闘奴隷だと戦闘スキルが取りやすくていいんだけどなあ。鉱山奴隷でも腕力的に……ダメか。女キャラだとむしろ縛りプレイになるか。他種族の愛玩奴隷とかもいいな。ワンチャン狙えるし。運が悪いと開幕即ゲームオーバーだけど……あ、読み込み終わりましたね。

農奴かー。しょっぱいなー。体力あるけどスキルがなー。魔法の取得条件も満たしにくいしー。

おや、でも、初期位置がおもしろいですね。

人間の領域の外縁部なんで、割と早い段階でドラデモの醍醐味(だいごみ)をご紹介できるかも。魔物に苦労したり、エルフに虐待されたり、ヴァンパイアに殴殺されたり……うーん、ろくでもない。

よっしゃ、そうならないためにも、序盤は手堅く能力値上げですよ。

つまりはミニゲームの連続です。フッフッフ。匠(たくみ)の技術をご覧にいれましょう。

ポチポチーの、ポッチポチっと。

そういえば皆さんって、ゲーム、攻略情報を予習するタイプですか？　それとも困ったときのヘルプとして利用するタイプ？

いもでんぷん的にはですね……おっと日暮れ。ヴァンパイア時間。いそいそと屋内へ移動です。

小屋の中でのお薦めミニゲームはー。

◆騎士アギアス・I◆

私が見るに、その少女は変わり者であった。

黒髪黒目で、細身で、無口で、無愛想で……働きものだった。

危険地帯の開拓など懲罰的なものでしかなく、事実、従事しているのは農奴と受刑者ばかり。不安も不満も諦観にぬりつぶされて、真面目に鍬（くわ）を振るものなど皆無であるのにもかかわらず。

彼女だけは手を抜かない。

懸命に耕す。黙々と働く。誰よりも成果を出す。毎日毎日、飽くことを知らずに。

そんな彼女は、不思議な習慣を持っていた。

重労働の合間の、ごくわずかな自由時間に、それは見られた。

ある時は薪を跳び越すことを繰り返していた。ある時は岩へ小石を投げ続けていた。またある時は桶（おけ）に張った水を瞬（まばた）きもせず見つめていた。延々と麦粒を数えていたこともあった。

細かなものも挙げると十数種類に及ぶそれら奇妙な一心不乱を、順繰りに行っていた。睡眠時間を最低限に切り詰めてまで。

月の夜、私は問うことにした。問わずにはいられなかった。

当時の私は他者に無関心で、中でも剣を握らぬ民にはまるで興味がなかったはずなのに、衝（つ）き動（うご）かされるかのようだった。

あるいは運命に引き寄せられたのかもしれない。今にして思えば。

「お前は、どこから来たのだ？」

「……そこから」

底から。

子売りか、それとも捨て子か。どちらもよくある話でしかなかったが。

「親兄弟は達者なのか」

「いない」

「孤児院育ちか」

「ちがう」

経てきた道程が、うかがい知れなかった。

星を仰ぐその横顔にはいかなる諦めもうかがえず、悲しさも感じられず、寂しさも見られなかった。迷いなき決意とでもいうべきものが、双眸の奥で静かに熱を発していた。

「いつも何をしているのだ？　いろいろと不思議なことをやっているようだが」

「準備」

「……何の？」

「生きるための」

「むしろ、疲れるなり飢えるなり、しそうなものだが」

「そうでもない」

「そ、そうなのか」

「うん」

「ううむ……そういうものか？」

話したところで、つかみどころのない少女だった。

彼女は周囲をすげなく拒絶しているように見えもしたが、実際には熱心な奉仕者だった。

並ぶ者なき勤労で、揺るぎなき有り様で、隠れなき美貌で、穢れなき振る舞いで、彼女を見る者の心に爽やかなものを残した。

彼女は、あるがままに、彼女であった。

衆目に構わず、何も求めず、常に自分らしかった。もとより、彼女の目に映る世界は他人のそれとはまるで違っていたのかもしれないが。

つまるところ彼女は、この残酷なる世界で、力強く用意周到に暮らしていたのだ。

で、あればこそ。

いや……デ・アレカシと言うべきか。

森から魔物の大群が溢れ出てきたその日。悲鳴と怒号が空に満ちたそのとき。

人間の血肉と臓腑が地に撒き散らかされたその地で、彼女だけが有効に戦えた。逆境において勇躍した。彼女は人間の内の抜群だった。

神に愛されていた彼女の名は、クロイ。

後に「ドラゴンスレイ」と「デーモンキル」のどちらをも成し遂げる大英雄の、その記念すべき初陣を。その凄まじさを。

私、アギアス・ウィロウは目撃することとなったのだ。

まさに敗死せんとする、弱き騎士のひとりとして。

03 ドラデモ的バトルについて／魔術師は驚愕する、少女の一撃に

ワタシは待つ。心静かに耳を澄ませて。

そうすれば、声が聞こえてくる。そして、身を任せればいい。

◆ドラデモ生実況・その二◆

わたしはニンジャになりたい。ミーティング中に存在感消す忍法を、欲す。

はい、というわけで！　いもでんぷんです！

今日のドラデモＤＸ実況は気合入っていますぜー？

前回までは一心不乱の農奴ライフだったわけですが、今回はついにバトルだよ皆集まれー。このゲームの理不尽さを余すことなくお伝えしますよ。神回タグよろ。

あ、グロ耐性無き者はブラバ推奨です。スプラッタばけらったなので。

むーん、腕が鳴るなー。

パーフェクトなミニゲームポチポチで、能力値的には可能な限りに準備できていますからねえ。

後はプレイヤースキル次第です。

奴隷種族の奴隷なクロイちゃん、生か死か！

いざ、ここに取り出したるVRマシンをば……脇へポイー。使いません。

よく訓練されたドラデモプレイヤーはPCプレイ一択です。

デスク周りに食い物飲み物マンガラノベは当たり前。ディスプレイは彩度も明度も落としてお目々にやさしくがデフォ。これで長丁場対策よーしよし。

で、サウンドはBGMその他もろもろカットで環境音のみ大音量。今回、相手が相手だからー。

それというのも、このゲーム、基本的にリアリティの追求どころを間違っているからです。

戦争イベントがですね、なんとなんと、ほぼ半日がかりなんですよ。

戦況によっては日をまたぐこともしばしばだいたいよくある話。中には一週間も終わらなかったケースまで。聞けばその大半が山中行軍だったとか。

それ、もう、別ゲー通り越して別エンタメじゃん……旅ジャンルのさ？

もちろん、イベント中は中断セーブなんてできません。

もともと一時停止ボタンなんてないし、強制終了なんてすればセーブデータは自動削除。ゲームオーバーでも無論のこと削除。でろでろでぃんどんっていう例の伝統的BGMで。

ドラデモだからしかたないね、と納得はしていますけども。

明らかに殺しにかかっていますよね……プレイヤーの社会的立場を。

CMだとアイドル声優が「超リアルな戦場では一瞬のスキが命取り！」なんて素敵笑顔でしたけど、ベータ版からのガチ勢は暗黒微笑ですよマジでおこだよ。

ま、古参兵いもでんぷんにスキはないですぜ？　だって明日から三連休だもの。

さーて、読み込み終了！　戦争のお時間！

あ、やべやべ、手汗対策のタオルはどこだ？　あと、その、ペットボトルは。

◆魔術師オデッセン・Ⅰ◆

急に襲われ、逃げて隠れて、もはや為す術のひとつもねえときた。

なんとも惨めなもんだぜ。

破門された魔術師にゃ、こんなしみったれた最期がお似合いってわけか。

大挙して現れたあまたの魔物……ゴブリン、シェルボア、マッドエイプ、ソードラビット、ポイズンラット……森の奥に生息しているはずのやつらが、揃いも揃って猛り狂いやがって。畜生め。

しかし、ま、駐屯軍もあっけなかったな。

所詮は中央から爪弾きにされた連中ってことか。なだれこまれやがって。

殺戮じゃねえか。

捕食ですらねえんだから……こりゃ魔法だろうなあ。

黄目どもの《恐怖》か、耳長どもの《狂気》か。どちらにしたってろくでもねえ。

目につく端からただ殺す。魔物同士でも殺し合う。同族すら考慮しねえってんだから、おぞましいわな。

死だ死だ。死しかねえ。

どいつもこいつも、死んじまう。

建物ひとつ残りゃしねえだろうな。この穀物蔵だって、納税用だからって頑丈になっちゃいるが、明日まではもつめぇよ。

「ひっく……ひっく……」

「どうして……どうしてこんなことに……」

「おかあさん、おとうさん……」

「泣いちゃ、泣いちゃダメよ。静かにしてないと……」

籠もった顔ぶれにゃ女子どもが多いな。あーあ。悲惨な終わり方になりそうだぜ。

さあて、と。

鎧戸(よろいど)のそばへ行っとくかな。そんで早めにくたばっちまおう。

そうすりゃ子どもの悲鳴を聞かずに済むし……肉壁ひとつ分、わずかでも、死を遠ざけてやれる。生きていられる時間を、延ばしてやれるからな。

と、思ったところで。

そうら、来ちまった。死が。足音を立てて。

「ひぃっ！」

「ふぐうっ！」

おうおう、お前ら、まだ小せぇくせして。

哀れにも呼吸を止めて。健気(けなげ)にも悲鳴を堪えて。自身をかき抱いて。身近な者と摑(つか)みあって。目を見開くにしろ固く閉じるにしろ、涙して。顔面をひきつらせて。歯を食いしばって。

壁の向こうから、低く、息遣いの音。

そして、あーあー、鎧戸を削る音まで。

「うわあ！　戸を喰い破られるぞ！」

「あああ‼　嫌だああああああ‼」

「何か、何か壁になるもんを持って……ぐぽぺっ⁉」

扉が弾け飛んだ。騒いだやつらの内の、中年男がグシャリと潰れた。

入り口で午後の日差しを背負うのは、猪の魔物シェルボア。

豚っ鼻の息が荒い。ポイズンラットを踏み潰したのか。紫色のでかい鼠、その残骸から、ブシュブシュと血泡が吹き出てやがる。

臓物の生臭。糞尿の汚臭。目に染みる瘴気。

何もかもがしびれちまうようなこの期に及んで……魔物め、コンニャロウ、睨みつけてきやがる。値踏みしていやがる。涎を垂らしやがる。

クソが。狂える殺意の行く先は、女子どもってか。

このオデッセンさんの前で、喰おうってのか。女子どもを。

「させねえよ、ド畜生が」

火を灯した。魔法の火をだ。

手ぶらじゃ種火程度のもんだが、なあに、気を引けりゃそれでいい。

「死ぬにも順番ってもんがあるんだ。わかれや」

立ち塞がる。

曲がりなりにも三十余年を生きた大人として、ひとりの男として、これくらいのことはしなきゃなんねえ。これっぽっちかよと嗤えるが。それでも。情けなくて泣きたくなるが。それでも。

哀れ、神に見捨てられて久しい俺たちだが。

せめて、年長者の背中くらい、信じさせてやりてえんだよ。バカヤロウ。

「かかってきやがれ、猪野郎め……ひょえっ⁉」

血が、飛び散った。

シェルボアの血だ。憤怒と苦痛の鳴き声。これもシェルボアのもの。

なんだ。なんだってんだ。

目の前に立つのは、黒髪の小娘。その手には大きな三つ又の鋤。腹と背とに麻袋を結わいつけ、足下にシェルボアを踏み伏せて……いや、鋤で刺し貫いている。土床に縫い付けている。

落ちてきたのか。天井の梁か何かから。

潜んでいたのか。俺たちがここへ逃げこむ前から。

ずっと機会をうかがっていて、今、致命の一撃を為したってのか。重い麻袋を抱えるなんていう、威力を増すための用意周到を見せつけて。

ゴキリ、と音がした。

小娘が全身を使って鋤を倒し、シェルボアの頸骨を砕いた音だ。

勢いあまってか柄が折れた。小娘は転がって、服と頬とを赤黒く汚した。すぐにも起き上がってシェルボアを見る。その眼差しは冷ややかだ。何の気負いも感じられねえ。

死が飽和したような、この、静寂。

動くことができんのは、その、小娘だけで。

小娘は周囲を見回すと、大きめの石片を拾った。

シェルボアの死骸に近寄り、顎の角度を整え、石片を叩きつけた。何度も何度も打ち据えた。蹴りもして、最後にはつかんで捻って。

大きな牙を、その手にもぎ取りやがった。

◆ドラデモ生実況・その三◆

シェルボアの大牙、ゲットだぜ！

いやあ、うまくいきましたねー。扉カリカリ音に耳澄ませていた甲斐があったってもんですよ。

目のほうはマンガ読んでいましたけども。

それにしても、幸先いいなあ。

開拓地で蔵に籠もった場合、大概はポイズンラットかゴブリンなんですよ、入口破ってくるの。

今回みたいにシェルボアが来るのはレアケースです。壁からダイナミック侵入ってのなら、シェルボアさんの独壇場ですけどねえ。

で、戦利品たる大牙ですが。

初撃破ボーナスで、スペシャルな追加効果つきました！　イエイ！

このまま持っていても不思議パワーで筋力が増強されますし、ルート次第じゃ、後々凄く便利な使い道があります。ぶっちゃけ、魔法もらえるかも。難易度確変のチャンスですよヤッター！

さー、ここからは動きますよ。

ドラデモがアクションＲＰＧだってことを思い出す勢いで。

なにせタイムリミットありますし。たぶん恐らく間違いなく。
なぜわかるかというと……開拓地名物なんですよ、このマッチポンプ戦は。
今回はどっちの正義の味方が先に駆けつけるかなー？

04 神官は歓喜する、少女の舞に／ドラデモ的魔法加護について

神は降臨する。ワタシの背後に。
戦場を見下ろし、敵の能力を看破し、最適な手段と最善の行動を指し示す。

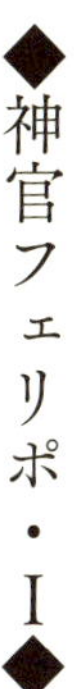

◆神官フェリポ・I◆

神は、死にました。

もしくは去りました。あるいは在りもしなかったのです。

よしんば人の歴史に奇跡と見紛う痕跡が認められたとしても、それは先人の努力と工夫の成果であり、決して超常の御業を今に伝えるものではありません。

人間の現実とは、救われることなき辛苦の道行きです。

そう理解したうえで、なお、僕は神官であり続けてきましたが。

なんとしたことでしょうねえ、あれは。あの有り様は。

黒髪の少女が戦っていますよ。

なんという強さ。なんというその速さ。瞬く間にゴブリンを三匹も。

左手にひっつかんだボロ布を振って惑わし、回りこみ、右手に握りしめた手斧を叩きつける戦闘

技術……ポイズンラットもソードラビットもひらりかわしてザクリと断首。

なんという鮮やかさ。なんというその凄まじさ。

人の領域を超えていますね、彼女は。

その膂力と身のこなしだけならば、騎士の中にも同程度の者がいるでしょうが……それでもああは戦えません。戦えませんとも。

そら、今の爪を回避します。背中に目があるかのよう。

おお、時の先をも見通しますか。奇襲に先んじて跳び退いていたとは。

そして攻撃。最小の手数にて最大の戦果。

斧振る先に首来たる。断首の連続。喊声を上げるでもなく。

まるで神懸かりではないですか。

人間が勝利するなどという、夢物語のようではないですか。

「御僧、どうした。援軍の旗は見えたのか」

「これはウィロウ卿」

忘れていました。そういえばそんな理由を建て前に鐘楼台へ登ったのでした。いまや避難所と化した我が神院の、寒々しいばかりの愁嘆場に辟易して。

まあ、砦までの距離を鑑みますに、援軍など間に合うわけもないのですが。

「援軍については、残念ながら、馬蹄の上げる砂埃ひとつ見当たりません」

「そうか……では他の生存者はどうだ」

「魔物同士の殺し合いが始まっていることから察して、田畑や雑木林には皆無でしょうね。いるとすれば行政区か貯蔵区かでしょう」

「……行政区はトロールに襲われた。残った者たちは助かるまい」

あちらが囮となってこちらが生き残っている、ということですね。さぞや苦い決断をしてきたのでしょう。端整なお顔をそのように曇らせて。

ふむ、ウィロウ卿も辛い立場です。

名だたる武門に生まれながらも、跡目争いを嫌ってこのような場所へ。

それは正当なる権利の放棄。正統なる身命の遺棄。

しかしながら家名と能力への期待が義務のようにつきまとうのですからね。

いじましくも気高いものです。権利に比べて義務の大なる人間とは。

それが逆転した人間など腐り袋。幾つも幾つも、過去も今も、王城には飾られています。どれもこれも、これからも、おこがましい感傷に浸るなどして。

「御僧、魔除けの結界はあとどれほどもつものか」

「この瘴気です。明朝までは難しいかと」

「そうか……では、夜を待たずに脱出しなければ。我らが血路を開く。御僧には民と傷病者の引率を任せたい」

「いえ、それには及びません」

「む。曲げても引き受けてもらいたいが」

「いえいえ、どうも我々は救われるようですから」

怪訝な顔をされて当然ですね。いささか間の抜けた目と口の開きよう。

更なる想定外を示したならば、さて、どうなるのでしょうね。

「ご覧ください。あれなる様を……奇跡を」

おっと、指し示す手が震えているではないですか。

笑止。僕のごときが厚顔な。拝まず祈らずの悪党が今更に信徒の感動をなど。

おや涙まで。まるで童子。僕が。フェリポ・ヴァルキ・ミレニヤムともあろうものが。

それでも、それでも……ああ……なんという美しさなのか。

少女斬遊。破魔の舞。

踊るようにして魔物を殺す。悪夢を祓うは黒髪の広がり。

妖魔を討つは白刃の閃き。人間の絶望をかくも鮮やかに打ち破って。

「あれは……あの子なのか。黒髪の」

「ほう。どういう素性の方なのですか？」

「詳しくはない。一度話しはしたが」

「彼女の名を、お聞きしても？」

「クロイ」

素晴らしい。響きからして既に尊く。

「いかん！　得物を失ったぞ！　助勢を……」

「御心配には及ばぬでしょう」

「な、なんと！」

シェルボアに刺さり奪われた手斧を一瞥、少女は焦りも惜しみもしません。

ボロ布を振ったる後にはその右手に一本の鉈。
群がるポイズンラットを薙ぎ払って残心。
マッドエイプに布を奪われたとて問題なし。
身をひるがえすや、左手に手槍が。拾った様子などなくも、刺突。さらには投擲。
瓦礫の上のもう一匹をしとめて、次は短剣を逆手にソードラビットへ。
魔法ですね。
それは、少女が特別であることを意味します。
虚空より武器が生ずる魔法。火水風土雷、どの属性でもない魔法。
選ばれた存在であることを明示します。
うふっ。
つまりは、彼女を特別に愛し、恩寵を授ける御方があらせられるということ。
うふふ……幸いかな……幸いなるかな！
神の実存が証明されているのですよ！
今まさに僕の目の前で！　まばゆいばかりの説得力でもって‼

◆ドラデモ生実況・その四◆

うーん……むむーん？
《アセプト・ブレード》って、これ、人間に使えたっけ？

エルフやヴァンパイアならわかるけど……それにしたって超レア職用だろ……隠しイベント?

おっと、実況中に実況を忘れるとか、いもでんぷん汗顔の至り。

きりっと凛々(りり)しみ。顔出しNGですけども。

それはさておき。

クロイちゃん、魔法、使えちゃっていますね。これかなりの不思議現象です。

というのも、ドラデモ世界の魔法って習得条件とか使用制限が厳しいんです。特に人間だときっついマゾい。

まず、種族ごとに使用可能な属性が限定されています。

エルフは水と風の二種。ヴァンパイアは土と雷の二種。そして人間は火のみと謎の冷遇。

しかも威力のバランスまでおかしい。攻撃魔法に注目すると「エルフ、ヴァンパイア、越えられない壁をはさんで人間」なんです。魔力値、人間は第二位のはずなのに。

その原因は「守護神」の存在にあります。

すべての魔法は守護神の加護の賜物(たまもの)っていう設定なんですよ、ドラデモ世界って。

エルフには竜神が、ヴァンパイアには魔神が、それぞれ神秘の神様パワーで恩恵を授けているわけですなー。

で、人間にだけは守護神がいません。なんてこったい。

だから魔法は弱いし、眷属(けんぞく)の助けはないし、病気するし長生きできないしで、この世に絶望したような勢力と成り果てているのです。うーん。ドラデモっている。

まあ、エルフやヴァンパイアでプレイしたらしたで、また別方向でマゾいんですけどね。

守護神のご機嫌取りがね、超大変なんです。超。

理不尽なうえに無報酬なお使いマラソンさせられたり、唐突にクエスト始まったり、意味不明な供物要求されたり……そのくせ加護の力が安定しないんだからストレスフル。

しかも怒らすと洒落(しゃれ)にならん呪詛(じゅそ)よこすし。ダイレクトに殺しにくることすらあるし。

シェルボアの大牙、ゲットしたじゃないですか。

実はこれ、魔神に捧(ささ)げるつもりだったんですよね。

ヴァンパイア側へ従属して、加護のお零(こぼ)れをいただこうと企(たくら)んでいたんです。雷魔法ほしさに。

それがなあ……まさか《アセプト》系に化けるとはなあ。召喚魔法ってレアものなのになあ。

っていうか、大牙、どっちに供物認定されたんだろ。

儀式なしで勝手にってあたり凄(すご)く魔神っぽいですけど。奔放極まっていて。竜神は手順とか様式とかやたらめったらうるさいし……んへ？

え？　「鬼神」ってなに⁇

うわ、なにこれ！　攻略サイトでも見たことないんですけど！

すごい！　スレ立てして検証すべき⁉

いや、でもでも、実況中は情報収集しないっていうマイルールが……‼

05 童女は挨拶する、少女の握る剣に／ドラデモ的信仰について

ワタシには、もう、生い立ちがない。

この身も、この名も、大いなる意志により定められてここに在る。

◆童女シラ・Ⅰ◆

シラのお父さんは冒険者。大好きな、大好きな、お父さん。

でも、隊商の護衛としてでかけたっきりで、もうずっと戻らない。

数えきれないくらいの魔物に襲われたんだって、お仕事仲間のおじさんが教えてくれた。

そしてそれは戦争のせいなんだってことも。巻きこまれたんだってことも。

戦争。

黄色い目のヴァンパイアと、白い耳のエルフの、終わらない戦い。

どちらも強いから、魔物を駆り立てて敵へけしかけるんだって。

そうやって嫌がらせをするんだって。どちらも魔物なんてへっちゃらだから、少し困らせてやれってくらいの考えでそんなことをして。

それで、シラはひとりぼっちになっちゃったから。

だから、開拓地へ働きに出てきて。

今日、たくさんの魔物の群れが襲ってきて。

おじさんはシラを逃がしてくれて。きっともう会えなくて。

逃げこんだ神院も、たくさんの魔物に群がられちゃって。

ここまでかなって。

そう、思ったのに。

「皆さん、もう何の心配もいりませんよ」

小太りの司祭さんは笑顔。いつもの、形だけの、冷え切った眼差(まなざ)しじゃなくて。

今まで見たことのなかった、とろけるような本物の嬉(うれ)しさで。

「さあ、元気な方は弱気な方の手を握ってあげてください。大丈夫。大丈夫。僕らは神の家に集った敬虔(けいけん)なる迷い子。無邪気に信じて頼りましょう。なんとなれば、神はすぐそこまでいらしておられるのですから」

神様。人間のための神様？

祈っても、祈っても、お父さんをシラのところへ帰してくれないのに？

シラは誰にも手を握られたくないし、誰の手も握りたくないから、窓へ寄ってみた。

バカみたい。

外なんて見たってしかたないのに。お父さんもおじさんも帰ってこない世界なのに。

神様なんて、いるわけないのに。

ねえ、なんで？

なんで、あんなに魔物が死んでいくんだろう。

すごく弱いみたいに。そんなわけないのに。お父さんもおじさんも、食べちゃったくせに。

あの黒髪の人が、特別に強いの？

でも、変だ。

強いのに。あんなに魔物を殺せるのに。

どうして、あの人は嬉しそうじゃないんだろう。なんで笑わないんだろう。

だからって、大きな声を出したりもしない。怖がっても怒ってもない。すごく真剣。真面目で、熱心で、どこか透き通るような眼差し。

まるで、祈ってるみたい。

神様が、そこにいるの？

だから騎士さんたちも行くの？　そうやって、一生懸命に戦うの？

すごい勢いだね。いつもよりも強い気がする。魔物をやっつけられてる気がする。

それも神様が来ているからなのかな。

もしもそうなら、わかるな。

シラもお父さんが見ていてくれると、お料理やお洗濯、いつもよりもがんばれるから。

あ、れ？

黒い髪の人……誰よりも強い人……いつの間にか剣で戦ってるけど。

え、なんで？

その剣……持つところ、汗で滑らないようにって黒い革を巻いた剣……飾りもほしいねって、シラが赤い糸の房をつけた剣……それって。

お父さんの剣だよ？

それが、どうして、そこにあるの？　どうして、それで、戦ってるの？

すごい。すごい。

お父さんの剣が魔物を斬る。どんどんやっつけてく。

そのたびに糸飾りが揺れて、黒髪も舞って、魔物が死んで死んで死んで。

「待て。どこへ行く気だ」

肩をつかまれた。枯れ木みたいな指。

誰だっけ、この怖い顔をしたおじさんは。

そうだ、手品を見せてくれるおじさんだ。指先に火を灯すから、そのまま燃えちゃいそうって思ったっけ。

「ここにいろ。魔物は、どこに潜んでるか、わかりゃしねえんだ」

震えてる。このおじさんは、怯えてるけど。

自分のためじゃないんだね。誰かのために怖がってるんだ。

そういう目だって、シラにはわかるよ。ここへ駆けこんできたときも、怪我した人を背負って、その人よりも青い顔をしてたもの。小っちゃい子の手も引いてたし。

お父さんに似てるね、おじさんは。

だから、シラは外へ行かないよ。ここで待つよ。

黒髪のあの人が、ここへ来るのを待ってる。お父さんの剣が帰ってくるのを、じっと待ってる。

それで、ちゃんと言うんだ。

少しだけおかえりなさい、お父さんって。

◆ドラデモ生実況・その五◆

勝っちゃったんですけど。

うちのクロイちゃん、大勝利なんですけど。

凄いなあ……そりゃ《アセプト・ブレード》あれば魔物相手くらい無双できるけど。作業ゲーに近いけど。それにしたって防衛成功なんて初めてですわ。はへー。

ぶっちゃけ、開拓地なんて壊滅前提でしたからね。この戦い。

だからこそ、ヴァンパイアへの従属を予定していたわけで。

ちょっとドラデモ的常識の話をすると、エルフとヴァンパイア、基本的には人間を攻めません。

戦力的には併呑どころか皆殺しも余裕なんですけど、やらない。

なんでか。答えは簡単。

それぞれの守護神様が、そーゆーのを好まないんですな。

ヴァンパイアプレイでやらかそうとしたときには、魔神から神託下りました。なんかゴチャゴチャと叱られましたけど、要約すると「イジメカッコワルイ」という道徳的な理屈。ちなみに逆らうと物理的に殺されます。道徳とは。

他方、エルフだと裁判にかけられた末にダークエルフ化させられます。それって社会的に抹殺されるって意味でして、遠からずツミます。祟られもします。怖い。

そんなわけで、人間の土地は緩衝地帯化するんですけど……抜け道があります。

魔物を使えばいいんです。

魔法やら眷属やらで魔物を追い立てて、ぐわーっと人間を襲わせるんです。

それで、しっちゃかめっちゃかになったところへ駆けつければオッケー。魔物を追い払って、保護の名目で駐屯すれば作戦完了。強気の善意で属領化待ったなし。

どう考えてもマッチポンプです。本当にありがとうございました。

開拓地は狙い目ですな。防衛力が低いですし。

今回のもまず間違いなくそんなイベントですわ。はてさてどっちが仕掛けてきたのやら。そのうち騎兵隊よろしく名乗り出てくるでしょうけど。

ま、それはそれとして。

クロイちゃんってば……なんなんでしょうねえ?

ステータスを見ると職業が「使徒」になっていますね。

はいこれレア職です。守護神に仕えるスーパーエリートのことです。なんてこったい。

そりゃ《アセプト・ブレード》くらい使えますわ。

信仰値稼いでけば《コール》系や《サモン》系もいける最強職だもの。エルフやヴァンパイアだったら爵位とか城とかもらえる最高職だもの。どうしてこんなことに。

鬼神……鬼神かあ。

それが人間の守護神なんでしょうねえ。

DX……デラックス版になって実装されたんですかね？

無印はともかく、こっちはやりこんでないから判断ムズイっす。新要素だとして、こんなおもしろな内容が話題にならないわけないいんですけど。

でも、ま、未知を遊ぶワクワク感がありますね！

鬼神の使徒の黒髪のクロイ……なんかドキドキしますね！

なるべく生存する方向でプレイしていくとして、敵軍が来る前にやれることやっときますか。

まずはコンパニオン設定。「使徒」なら「従僕」をつけられますからね。信仰値が高いNPCの中から選択ですよ。

さて、どいつにしようか……ありゃ、イケメン騎士はダメかー。こいつ鬼神のこと全っ然信仰してないなー。ステータスもスキルもいいのになー。

お、やたら信仰値高いのが二人いますね。これはおいしい。

ひとりは、チビでデブな神官か。うーん、笑顔が胡散臭い。腹黒そう。

あ、でもステータスはかなりいい感じ。内政や謀略に強い感じの弁舌スキル持ちで……おっほ、何こいつ、ヴァルキ姓とか。王族なんですけど。なんでこんな最前線にいるのさ。

もうひとりは……はい決定。こっちに決まり。

銀髪の小っちゃい女の子とか、もう選択の余地なしですわ。

シラちゃんね。

よし、設定完了！

06 騎士は談義し決意する、この地より始まる大事業を

世界は、素敵だ。
ワタシを介して、神が眺めているのだから。

背負うた籠の中身はすべて書類か。精力的なことだ。先までは厭世の偏屈者と見ていたものだが。

幕舎に入ってくるなり、フェリポ司祭は汗をひと拭きした。

「ウィロウ卿、こちらでしたか」

「すまない。探させたようだ」

「いえいえお気になさらず。駐屯軍の再編は火急の要件ですからね」

再編か。言葉としてはそれで間違いないが。

トロール討伐の被害が大きすぎた。

一千名からいた兵卒が三百と少しにまで倒れ減った今、できることといえば指揮系統の整頓がせいぜいだ。補充の当てもない。

「物語でなし、魔物に打ち勝ったとてそれで一件落着とはいきません。外敵警戒、残敵掃討、傷者

救助、瓦礫撤去、治安巡回、伝令早馬……さもあれ、軍隊とは非常時における最大の実行力。つまるところが人間の精鋭。感謝の言葉が尽きません」

相も変わらずよく回る舌だ。身振り手振りも大げさで。

「為すべきことを為すのみ。そも神院の働きなしには取り戻せまいよ。日常は」

「いやいや我々など馳走と昏をつなぐ木匙。名画と瞳をつなぐ灯明。恐縮恐縮」

この男がかくも上機嫌である。それはまったく非日常的ではあるが。

「我らは奇跡に照らされて生き長らえた、と御僧は言いたいのだな。駐屯軍の奮闘の結果ではなく、超常の力に救済されたからであると」

この男が弁論で人を惑わし、試す。それは実に日常的なことだ。

「承知している。わきまえているとも。開拓軍尉の代行をまかされたとはいえ、強引な軍政を敷くつもりなどない。英雄を気取るつもりもな。当面、軍と院は権限の上下なく協力すべきだろう」

「さすがはウィロウ卿。冷厳なる視界。怜悧なる思考。うふ、それでこそですよ」

ふむ。こうも尊大さを露骨にするとは。

酒に酔うているのか、それとも生存の興奮冷めやらぬのか……いや違う。違うな。これは。

「回天の志を同じくするに、貴殿ほどふさわしい軍人も稀でしょう」

やはりか。

やはり野心を口にしたな、フェリポ司祭。

これは誘いだ。

私を、武門の誉れ高きウィィロウ家の人間を、この神官は共謀者にせんとしている。

それも不退転の覚悟をもってしてだ。

爛々たる眼差し。みなぎる覇気。それでいて胸襟を開いている。

私がうなずけばそのまま赤心をさらしてこよう。断金の交わりとなろう。

されど首を横に振れば……殺しにくるだろう。その手に聖槍を握りしめて。

先んじて斬るべきところだ。それが職務職責というものだ。

しかし、私は目を閉じるのだな。

暗闇を欲する。

己が内奥に瞬く予感を見つめるために。ひとつの判断に命を懸けるために。

「天……天か。残酷なる天下にあって、その趨勢を論ずるか」

「はい。稀有絶妙の時を得ましたので」

「……クロイを、旗頭にするつもりか」

「うふ。少し違います。とてもとても似て非なる」

刮目した。確信の瞬間に備えた。

「祀り奉るのですよ。神を。彼女という選ばれし者を媒介に……人間の神を」

神。

あまりにも腑に落ちる言葉だ。

そのまま腹の底に居座り、灼熱し、心身を震えさせる。

父祖の武勇名誉を想うときのようだ。しかも亡母のぬくもりをも思わせて、胸に沁み入る。

「あれは……そうなのだな」

「ええ、そうです」

「そうであろうと、感じた。そうあってほしいと、願いもした」

「それこそが赤心。偽ることなき真心かと」

「偽りでもまやかしでもなく、寄す所とすることを、許されるのだな」

「無論。大いなる実存に臨んでは、むしろ敬虔な態度と言えましょう」

「そうか……」

　こみ上げてきた熱いものを、頬に流れるままにした。

　何を恥じよう。目の前の男とて白目を充血させているではないか。

「我らは、世界に、在っていい……！」

　嗚咽を堪えて、言った。宣言した。

　なんという晴れがましさか。

　戦っても戦っても、死んで死んで死にゆくばかり。それが人間の歴史だった。

　祈っても祈っても祈っても、届かない。届く先がない。それが人間の世界だった。

　勝ったぞ、我らは。

　届いたぞ、祈りが。

　今日というこの日に、人間は、望みの絶えた種族ではなくなったのだ。

「……結論から述べましょう」

　穏やかな声音だ。こういうふうにも話せたのだな、この男は。

「クロイ様を王城へお連れするのは時期尚早。今の国家中枢は、素直に希望を抱けるほど純情でなく、英断して変革を行えるほど勇敢でもありません」

「潰されるか」

「ええ。困難は人を頑なにするばかりか……鈍感にも残酷にもしますからね」

「……そうだな。そのとおりだ」

同意せざるをえない。

言外に証左とした事実が、ある。口にするのも憚られる、忌まわしい現実が。生き残ってなお一層に呪わしい真実が。

開拓。

肥沃な土地を求めて、魔境のほとりへと人員を送りこむことを言う。

重大事だ。必要なことだ。人間の領域を押し広げていく、種族の尊厳をかけた国策事業だ。軍院民が一丸となって取り組む、種族の未来をかけた攻勢行動だ。

それが、そのはずが……実際のところは。

棄民だ。これでは。

魔物の爪牙をもってする、人口調整の手段と化しているではないか。

それればかりか、開拓団を生け贄にすらしている。その犠牲をもって後方に安全圏を確保している。

そうまでするのか。そこまでしないと秩序を保てないというのか。

憤ろしく、哀しい。どうしようもないほどに。

「畏くも、神は奇跡を賜うに際し、この地をお選びになられました……人間の悲劇であるところの開拓地を」

フェリポ司祭が私を見据えている。

目を逸らしはしない。言葉を待つ。

「ならば我々は、ここよりはじめるべきではないでしょうか。抗いを。戦いを。挑みを。試みを。行いを。救いを。つまりすなわち素晴らしき……回天の事業を」

愉快げに舌を回すものだ。

私とて、目が細まる。痛快さがある。

「風呂だな。まるで」

「突飛なことを言い出しましたね。して、そのこころは」

「世界はひどく寒かった。恩寵に浴し温まるのに、何も頭からである必要はあるまいよ。湯とは足先からそろりと浸かるもの。じわりと過ごせば頬までゆだる。明日を生きる活力となる」

うむ、我ながらうまいことを言ったぞ。どんなものだ。

「ええと、なんと言いますか……俗っぽいというか若々しくないというか……ゴホン、まあ、あれです。我が神院の営業する洗霊風呂、ウィロウ卿におかれましてはいつもご利用いただきありがとうございます」

「む？　こちらこそだ。あれはいいものだからな」

「説法のほうにも参席してくれますと、湯の沸かし甲斐があるのですけどね……」

「よく言う。聖典を解釈してあげつらう、あれが説法か」

「これまでは。しかしこれからは」

「確かに。また風呂に入れる日が来たならば、拝聴しよう」

　共に笑った。どんなにか問題が山積していようとも、この胸に希望の火が宿っているのだから、笑うことができる。

　ひとしきり愉快を味わったところで、問う。

「ところで、背負うた籠の中身はなんだ。どれも正式な書状のようだが」

「各種依頼書ですよ。開拓軍尉代行殿の署名捺印をいただこうと思いまして」

「ふむ。御僧が必要性を認めたものなら、細かく吟味するつもりもないが……」

　検めた、その内容たるや。

　開拓軍司令部の置かれた砦への、物資補給申請および兵卒補填申請に始まり。

　各開拓地への援軍要請と注意喚起。有力商家複数への支援懇請。冒険者組合および傭兵組合への人員派遣依頼。魔術師組合への研究報告。新聞組合への取材提案。

　どれにも漏れなく、今回討伐した魔物の種類と数とが記載されている。

　宛名だけ記されたものが、二枚。

　ひとつは大神院へのもの。

　私の返答次第で内容を変えるつもりだったのだろう。それでいて先に署名捺印を求めてくる。つまりは院絡みのいろいろを白紙委任しろと主張しているのだな。

　そして、もうひとつは……ウィロウ家へのもの。

　覚悟を見せろということか。

「まずは鐘を鳴らしましょう。そして反響に耳を澄ませるのです」

こいつめ。澄まし顔で。

「ここからすべてをはじめる、そのために」

07 魔術師は奮起し披露する、この地に甦る魔法の炎を

きっと、ワタシは火を宿して生まれた。

だから、ワタシは火を放って死ぬだろう。

◆魔術師オデッセン・II◆

「で、あんたらは俺にどうしろってんだ」

神院の祭務室ってやつは、どうにもカビ臭くっていけねえ。

しかもだ。名門騎士と腹黒司祭が雁首そろえてやがるんだから、きな臭えったらありゃしねえ。

軍と院との癒着なんざ、まずもってろくなもんじゃねえんだ。

「これは徴用ではなく仕官要請だ。そう構えてくれるな」

「まったくです。組合から追放されているとはいえ、オデッセン殿、あなたは魔術師だ。その見識と魔力とを活かしていただきたいだけのこと」

「うむ。まさに」

「錬金術と火魔法、それら二種類の仕事をお任せしたいのですよ」

ようは従軍魔術師になれってことか。薬と火を扱う雑用係に。めんどくせえ。

「具体的には、ひとつに民への薬草採集と魔物解体の指導、および製薬と調剤を。もうひとつに民

の魔法適性の検査、および火役要員確保と火役訓練を。役職としては開拓司魔になりますね」

「俸給は百金だ。副官をひとりつける。護衛としては一個分隊十卒を当てる」

「待て待て待て、待ってくれ、頼むから！」

冗談じゃない。尋常じゃない。

開拓司魔？　部下つきの？　はあ？

こちとら金貨なんざ見たこともねえっつうの。つか、それよりなにより。

魔物の襲撃があったばっかじゃねえか。

昨日の今日だぞ。大勢が殺されて、俺も死にかけて、まだひと息もつけてねえっての。

行動早えよ。いや、ま、迅速なのはいいんだ。救助とか炊き出しとか凄(すげ)え助かったし。女子どもにゃ毛布も行き渡ったし。

だが、いくらなんでも早すぎだ。思い切りも良すぎだぜ。

剣呑(けんのん)だろ。こりゃもう陰謀の類(たぐ)いだろうがよ。

「どうしました、魔術師殿。火の神秘を知る者が、震えて」

嫌な言い方を。腹黒司祭め。謀主はてめえか。

「……確かに俺は魔術師だ。ちったあモノを知ってるし、いろいろとできるっちゃできるだろうさ」

「期待している。よし、副官と分隊長を呼び出して――」

「ちょ、待て！　待ってって！　俺の話も聞いてくれ！」

強引すぎんだろ、こいつら。くそが。

「なんで俺を使う。仕事をさせようと考える。俺は破門されたんだぞ。教授連と喧嘩したどころの話じゃねえ。ぶっちゃけると犯罪者だ。死霊魔術師呼ばわりまでされた身だ。おいそれと公に出ていい身分じゃねぇんだよ」

だから、開拓地に追いやられた。

ここしかなかった。人が人並みに暮らせる場所は……南の方は……どこも魔術師組合が影響力持ってるからな。働きようもなきゃ、物乞いもできやしねえんだ。

ある種の流刑だと思ってたが、考えが甘かったぜ。

魔物といいひもじさといい、まさか遠回しな死刑だったとはな。

どうせてめえらも、どっちかなんだろ?

疎まれて殺される側か、疎んで殺す側か……どっちにしたって、バカなんだよ。身から出た錆でくたばるやつばらだ。くだらねえ。

「ほほう、死霊魔術とはまたおどろおどろしいですね。あれですか。聖典に記されているような、不死の怪物でも扱えるので?」

「んなわけあるか。疑いをかけられただけだ……人の死体を実験に使ったからな」

言ってやった。言ってやったぞ。斬るなら斬れ、権力者どもめ。

錬金術はなあ、気づかせてくれんだよ。

人間には本来、生まれついての貴賤なんざねえってことをな。切り開きゃ誰も彼も肉袋で、煎じ詰めりゃ何もかも物質だ物質。

錬金術の素材としちゃすこぶる優秀さ、人間は。魔物よりもな。

「これはこれは、随分と冒瀆的で、神をも畏れぬ告白ですねえ」

「阿呆め。神の奇跡を仰ぐ者ってのは、そんな程度にしか神を解せねえのさ」

「……ならばご教授願いましょうか。人体を刻むなり茹でるなりして、何を見出しましたか。弱々しい火しか操れない、哀れな人間の魔術師殿は」

「力だよ」

目を見張ったな、二人とも。

そりゃつまり、てめえらが力を欲しているっつうことだ。

てめえらの企みにゃ暴力が伴うってこった。

いいさ、教えてやるとも。知って後悔しろ。そんで魔術師組合に殺されろ。

「ただの力じゃねえぞ。恐らくは、神が、人間の体にだけ混ぜこんだ力だ。他の生物でも、まあそれなりには採れるし、別の方法でも代用品は手に入るが……人体由来のやつにゃ遠く及ばねえ」

「ほう……察するに、素材ですか」

「そうだ。火塩、と名づけたが」

火塩。白く、粒が粗く、少々臭う。

人体ひとつにつき、おおむね、肺腑と同等の重さが精製できる。

「わかりませんね……それがどうして力なのです？　よほど強い薬になると？」

「触媒が魔法を強めるってのは、知ってんだろ？」

「もちろんです。私たち神官における聖印、あなたたち魔術師における杖ですね」

「そりゃ魔力の焦点器だ。集中しやすくしてるだけさ。俺が言ってるのは消耗品のほうなんだよ」

書棚の埃（ほこり）を寄せ集めて、取る。

手の中で魔力を馴染（なじ）ませて……そら！

ビビったか。一瞬だがでけえ火だったろうが。

「今のは《放火》。燃えやすいもんを触媒にして火力を増した魔法だ。他に、木炭や油を使うやつもある。昔は盛んに研究されてたらしいが、今じゃ禁術の扱いだ」

「……聞いたことがある」

名門騎士か。ご立派な家紋をつけてる以上は、まあ、伝えられてっかもな。

「現在の国境線が定められた際、魔術師組合はエルフから特定分野の研究放棄を強いられたという。軍が弓矢と水堀を禁じられたようにして」

「屈辱と諦観のバルトリアル条約ですか。なるほどなるほど。つまりは軍縮の一環として破棄させられた力なのですね」

「燃焼魔法ってんだ。憶（おぼ）えとけ」

そして狙われろ。知った以上は、もう共犯者だかんな。

「その魔法は、ヴァンパイアとエルフに対抗できますか？」

「……火塩を使うやつなら、うまくすりゃ、たぶん」

「言（い）い淀（よど）みますね。あ、そうか、あなたの技術不足か魔力不足で自信がないと」

「ちっげえよバカヤロウ。今日日、俺以上に燃焼魔法を実践してるやつがいるもんかよ。理論上はやれんだ。理論上は。けどよ……」

手を、見る。

皺だらけで、震えが止まんなくて、子どもの頭を撫でるにも気を使うオンボロだ。

寒い日にゃ痛むし、雨降りゃうずくし、骨も脆くなっちまったが。

「……あと一歩が、届かねえんだ」

拳を握る力だって、こんなにも弱っちい。

「嗤えよ風呂屋。てめぇの言うとおりさ。人間の限界なんだか俺の未熟なんだか知らねえが、現状、やつらの魔法と同じ威力は出せてねえ」

「……今までのところは、ですね？」

「あ？　そりゃまあ……だが現実は動かねえんだ。これからだって」

「いいえ。今は、もう、違っているかもしれません！」

うお、なんだこいつ、チビデブのくせに素早い！

腕をつかむな引っ張るな！　うわあ、走んのも速えぞこいつ！　気持ち悪い！

「痛ったたた！　痛えって、おいコラ！」

外へ出て、どこへ……なんだよ薪割り場？　何か燃やせってか？

「あ、手品のおじさん」

「おう、シラか。どした、こんなとこで」

シラ。開拓地で下働きをする子ども。ちっちぇえくせに痛ましいぜ。

鞘無しの剣を麻袋で包んで、肌身離さずに抱えてよお……親父さんの遺剣だと思いこんでんだろうな。んなわきゃねえのに。

「ん」

「ああ、そいつか」

シラが指差す先には、黒髪のクロイ。

大人でも子どもでもねえ、何を考えているかまるでわからねえ、命の恩人。

「……また、奇っ怪なことしてんなあ」

薪割り用の斧を、フンフンと上下に素振りしながら。

並行に置いた三本の薪を、シュタシュタと反復して横跳びかよ。

相っ変わらず意味わかんねえ。

「さあ！　やってみましょうか！」

「う、嘘だろ、あれをやれってのか……何の拷問だ……」

「違いますよ。何を言っているのやら。クロイ様の邪魔にならないよう、ささ、もう少し離れましょう離れましょう」

クロイへの様づけ。なんだかなあ。

そりゃ凄え戦士だったわけだが、どうもそういう扱いじゃねえんだよな。腹黒司祭といい名門騎士といい、丁重にすぎるぜ。

「さあさあ！　特別な魔法を放つのです！　盛大に！」

「いや、ねえから。火塩、あるわけねえだろが」

「んもう！　なんという用意の悪さですか！」

「いやいやいや、どうして持ってるって思うんだ……」

「ならば、これではどうだ」

気色悪い司祭に代わり、絵物語の王子様じみた騎士が渡してきたもの。木炭か。

「剣も魔法も、技術には違いない。ならば奥義でなくともいいはずだ。手応えを確かめられるものであれば、それで」

ふん、言ってることは間違っちゃねえな。何を感じ取るかは俺次第だが。

木炭を……人間の悲哀を押し固めたみてえに黒くごわついたやつを、ぐっと握る。手の平から魔力を流しこむ。

そして呼ぶんだ。火を。人間にだけ扱える、魔法の火を。

ん？　これは……この熱さはなんだ？　この、俺を勢いづかせるような、熱は？

い、いいのかな……このまま魔法にしちまって、大丈夫なのか？

うお、力をともなう視線。誰だ。クロイか。

いや、クロイか？　本当にクロイだけか？

この気配は……この、大なる熱と巨なる圧は……！

「うおおおおおっ‼」

炎を放った。

人ひとりを軽く呑みこんじまうような火炎を。

やべえ。名づけるなら《猛炎》ってとこか。やべえよやべえ。異常極まりねえ。

「素晴らしいですね……これはもう」

「うむ。部隊単位の運用を目指すべきだ」

権力者どもが、何か不吉なこと言ってんな。嫌な予感しかしねえな。

そうとわかってんだが頭働かねえや。魔力の消耗かねえ。
で、クロイ、お前のそりゃなんだ？
俺を中心にして、シュタシュタシュタぴょこぴょこと……不気味すぎんだけど？

08 ドラデモ的補正について／童女は抱擁する、父の剣とぬくもりを

奇跡の力は、望みの力。

乞うて授かり、願って叶い、いずれ世界を変えるに至る。

◆ドラデモ生実況・その六◆

仕事休みたいです。でも辞めさせないでくださいお願いします死んでしまいます。

はい、というわけで、いもでんぷんなんですけども。

今の火魔法、普通にすんごいですね。

思わず衝撃の反復横跳び円陣ですわ。シュバシュバッと。後ろの正面常にクロイちゃんですわ。

へいへい魔術師ビビッてんぞい。

改めて結論。

DX版って、やっぱり人間救済パッチっぽい。

ステータスを見るに、この《猛炎》って魔法はヴァンパイア倒せます。並のやつなら一発で。

エルフだと魔法抵抗値と属性相性的に少し厳しいですけど、ダメージは通りますからね。そうなれば後は工夫次第だもの。

ん？　おお、見る間に魔術師の信仰値が上がっていく。

よしよし。鬼神の総信仰値も上昇継続待ったなし。

騎士も信仰値が跳ね上がったし、神官は相変わらずだし、一般兵や開拓民も徐々にだけど信仰値が増えていくし。とってもいい感じ。

でも、今、いもでんぷん的に注目株はシラちゃん。

この子やばいですね。そのうち「使徒」になれんじゃねってくらい。

だって、なんかもう《アセプト》系をゲットしているんですけど。「従僕」ボーナス込みの使用制限版とはいえ。

んで、我らがクロイちゃんはといえば……もどかしい。っていうかもったいない。

クロイちゃん自身の信仰値は既にＭＡＸで、「使徒」としてのボーナスを受ける条件はほとんど満たしているのに、肝心要の鬼神のパワーが足りてないんです。

ぶっちゃけ、鬼神さん弱いっすよ。竜神や魔神に比べると。

さすがはドラデモ。人間救済パッチでも人間冷遇を忘れない。

鬼神さんがこのままじゃあ……結局、人間滅ぶんじゃね？

まあ、ようは総信仰値の問題なんですよね。数字が低けりゃパワーも低い。

総人口としては、ヴァンパイアもエルフも人間もさして変わらないんですけどねぇ……人間社会は宗教がうまく機能してない感じかな。祈り先を間違っている的な。

とりあえずクロイちゃんの周りはいい感じなんで、これを広げてくしかー。

うーん。能力値高いし《アセプト・ブレード》あるしで、クロイちゃんの生存はもう楽勝なんだけどなあ。開拓地守るってなると《コール》系がほしいのに……鬼神ェ…。

なんとかなんないかなー。なんとかしたいなー。

どうにかして、この開拓地を存続させたいですねえ。

いや、だって、魔物襲撃からのリカバリーが素晴らしいんですよね。

高速進行で飛ばし見していたんですけど、治安度の回復といい民満足度の向上といい、ちょっと目を見張るものがありましたよ。貯蔵物資がダメにならなかったってのが大きいのかな。

再軍備再防衛の流れも芸術的ですねえ。実にいい。

ええと……負傷兵は除いて数えるとして、兵数は三百二十八人か。軍馬はそれよりも多くて五百三十頭。よーしよし。

軍馬大事。人間で戦争するときは騎兵が鍵ですからね。

ドラデモの特徴として、種族により上手に扱える武器が限定されるって点があります。守護神の恩恵だか呪縛だかは魔法属性のみならずってことですな。

人間の場合は刃物系で、剣、槍、斧などにプラス補正入ります。

ヴァンパイアは鈍器系で、棍、槌、拳など。エルフは弓矢ほぼ一択。

これにヴァンパイアの怪力優遇とエルフの魔力優遇とを加味して考えると、おのずと戦闘方法も限定されていくって寸法です。

別に人間だと弓矢を使えないってわけじゃないんですけどね？

エルフ相手に矢射っても、風魔法使われて当たりゃしません。逆に向こうのは最悪ホーミングして射抜いてきます。怖い怖すぎる。

ヴァンパイアと金棒で勝負してもいいけど、地獄絵図になります。子ども相手に力士がガチで張り手してくるイメージ。惨い惨すぎる。

で、騎兵に望みを託すしかないわけです。

ヴァンパイアもエルフも馬に嫌われていて乗馬できませんからねえ。

まあ、それにしたって、どれだけ粘れるかって話でしかなく。

人間が負けるのは大前提……だった。過去形語り。

鬼神ありのＤＸ版は……もしかしたら……もしかするかなあ？

◆童女シラ・Ⅱ◆

シラ、目が覚めちゃった。ぬくもりが離れちゃったから。

まだ夜明け前。寝台はシラだけ。

お父さんの剣は冷たくて硬いばっかり。やっぱりクロイ様がいないとダメみたい。

外へ出た。いた。すぐ見つかった。

クロイ様。

じっと遠くを見てる。

真っ暗な空。あっちは夜明けが隠れてる方だ。

なんだかクロイ様みたい。静かな黒の中にあったかな火。見えなくてもわかる、感じる、光。

あ、風。

クロイ様の、夜よりも真っ黒な髪がしっとりと流れた。

きれい。魔物の血をたくさん浴びて、吸い取って、一本一本が剣になるのかも。

袋で包んだ剣を、ぎゅって抱いた。

クロイ様が帰らせてくれた、お父さんの剣。

神様が、いるんだね。今も近くに。

うん。だからあったかい。お父さんの手のぬくもりが、戻ってきた。

シラをぎゅってしてくれる。シラの頭を撫(な)でてくれる。ほっぺたをぷにぷにするのは、ちょっと嫌だけど、お父さんの癖だからね。

ほら、クロイ様が見てるよ？　変な顔にしないで。笑われちゃうよ。

「シラ」

ああもう、お父さんってば。クロイ様に呼ばれたよ？

「伏せて」

え？

クロイ様が跳んだ。わ、シラの肩を踏んだ？

ううん、重くなかったから、きっとお父さんの手を踏んだんだ。

それで、もっと跳んで、星空高くで――鳥を斬った。

夜なのに、鳥？　それとも？

「シラ、灯(あか)りを」

クロイ様は斬ったものを見下ろしてる。手の細剣を消さないってことは。

まだ、何か来る？　それは敵？

走る。厨房へ駆けこんで、竈へ。

灰の中の種火を掘り出して、干し草を乗せて、息を吹く。ダメ。強すぎた。落ち着かなきゃ。早く火を起こさなきゃ。

「シラ、どうしたってんだ」

手品のおじさん。いいところに。

「来て！　クロイ様、外、灯りを……！」

「っ！　わかった任せろ！」

おじさんは、たいまつだけじゃなく木炭もつかんだ。あれをやる気かも。

一緒に外へ。クロイ様のところへ。

「クロイ！」

バチンって音がして、たいまつが灯った。今のも、おじさんの魔法？

クロイ様は、鳥か何かの死体のところに立ったまま。細剣も持ったまま。

その剣……どこの誰が、何と戦った剣なんだろう。銀色の蔦草みたいな鍔と柄。

「これは……こいつは！」

たいまつが照らしたものを見て、おじさんが怖い顔をした。

やっぱり鳥。

煤に汚れたような色の羽毛。黒いくちばしと脚。白く濁った目。

「忌鷺じゃねえか！　耳長どもの使役する、眷属の！」

「うん。夜の物見」

え？　おじさん、耳長って。

それはエルフのこと。魔法の力の恐ろしい、白い肌の、森の主。

それに、クロイ様、物見って。それって。

「はあ？　なんだって、こんな、人間の開拓地に……」

「経過確認、です、かねえ」

小太りの司祭さんだ。

慌てて走ってきたのかな。息がムフムフうるさいし、帯も結んでない。

「エルフが夜に物見する。ムフ、ムフ。ヴァンパイア相手でもなしに。ムッフ。これの意味するところは明々の白々、我々がどれくらいに滅んでいるかを確かめたかったのでしょう」

「そりゃあ……そうか、魔物の……くそ！　耳長め！」

「トロールのほうか群れのほうか、どちらかだけを打ち払っていれば、我々は三日ほど抗って死に果てたでしょう。どちらにも叩き伏せられていたなら、一晩で滅んで、魔物同士の潰し合いがやはり三日ほどはかかったでしょうね」

「畜生が……随分と徹底的じゃねえか」

「そう、妙に徹底しているのですよ。東の方ではエルフに助けられた村もあると聞きますが」

大人が二人して難しい話をしてる。悪い顔。

あれ？　十人も二十人もの兵隊さんが、いつの間にか周りに立ってた。守ってくれてるのかな。

クロイ様はうつむいてる。薄目でじっとして……何かを探してる？

「あっ」

声が出ちゃった。だって、剣が。

お父さんの手が、お父さんの剣を、シラの足下へ突き刺したから。

「どうした！　って、おお、お手柄じゃねえか」

「うふ、それもまたエルフの尖兵。本当に徹底していますねえ」

「怪我してねえだろうな、シラ。剣なんて重いだろうに」

剣は、一匹のトカゲを真っ二つにしてた。

水色の鱗でひとつ目のトカゲを。冷たい血を流す、その魔物を。

09 神官は勇躍し看破する、この地へ来る白き軍勢を

火の赤は情熱の色彩。

ワタシを通じて世界は熱される。輝きを帯びる。

◆神官フェリポ・Ⅱ◆

やあ、物見櫓へ登った甲斐がありました。

来ましたね。

森から湧き出ずる様は不気味で魔物のそれと大差なく、隊列はうごめく魚群を思わせて原野の不埒な一塊、朝日を背に影を抱くところなどいかにも不吉。いわば瘴気魔風。

エルフ。

トカゲの化け物を神と崇める白き者ども。風雨の尖兵。

大陸東部を樹海に沈め、魔物の多様性とやらを保護し、人間を肉餌のように扱いもする不倶戴天の敵。青白二色の旗を仰々しく掲げるなどして。

数は六百葉といったところですか。

付き従う眷属は、地には銀豹が三百頭ほど。空には風鷹が五十羽ほど。他にトカゲやカエルも潜ませているでしょうね。

「多い。これは」

ウィロウ卿の感想は端的にして正答。

「ええ、葉数にしてこちらの予想の五倍以上ですからね。陣容も眷属を惜しまない重厚さ。虎乗りも二将いる様子。明らかに、魔物へ対処するための軍ではありません。いわんや人間をや」

「んじゃ、ありゃあ、対ヴァンパイア部隊かよ……初めて見たぜ……」

オデッセン殿の反応こそ民の普通。

慄きよりも先に驚き。さもありなん。

「エルフの戦闘種は一葉で人間の一個小隊に相当します。それが六百。単純に計算すると、人間の師団から軍団規模の戦闘力が来襲したことに等しいわけですね」

「おいおい。やべえじゃん」

「……将の片方、使徒だ。外交の席で見た憶えがある」

使徒。まさか。

いや、ウィロウ卿は若くとも戦歴のある武門。敵将を見誤るはずもありません。

虎乗りは雌雄それぞれ。威は雄のほう。しかし眷属の群がり方からして使徒は雌のほうでしょうね。

遠目にもわかる服装の華美。なるほど。

「嘘だろ。あんなチビがひとりで砦を落としたってのか」

「『水底』は長身の雄だった。あれとは違う」

「脅威度は知れませんが、エルフの使徒三葉の一角ということであればさして違いもありません。

いやはや、豪勢なことですね」

吉事が大なれば、凶事もまた大なり。

昨晩のことが大きく影響したものか、それとも別な何かが作用しているものか。いずれにせよ事態が強く大きく動くこと必至。

つまりは、働きどころということですね。

「兵を散らすぞ。もはや誇示する意味もない」

「ええ、いっそ示弱の計としましょう。交渉はお任せを」

「急報とか、出しといたほうがいいんじゃねえか？」

「空の目がある。出せて夜だが」

「まあ、焦ることもないでしょう。いよいよとなれば、クロイ様だけでも砦へ逃がせればよいのですから」

「……そりゃ、最悪のときはな」

「最悪、か。今更ではある」

「まさにまさに。最悪など呑(の)み慣れた苦汁。伏せ慣れた硬寝床」

「けっ、とんでもねえ話だぜ。耳長め、今に焼いちゃる」

さあ、今度はこの急な梯子(はしご)を下りなければ。

ウィロウ卿は軍の指揮へ。オデッセン殿は民の避難所へ。

そして僕はいそいそとエルフの吹き寄せてくる東の門へ。

唇を舐(な)めつつ、笑顔に。首を回しつつ、滑稽に。

おや、どうにもまぶしいと思いきや。

クロイ様は、そちらでしたか。

崩れた庁舎の上、それでもひるがえる赤い旗のところ。

人間を誇るその色へ御髪（みぐし）の黒を絡ませて。偉大なる気配をその背に負って。

君よ、そこよりご覧あれ。

神よ、高きよりご照覧になられませ。

この地よりはじめる大戦（おおいくさ）、人間の逆襲、その畏（かしこ）くも晴れがましき初撃は我が舌鋒（ぜっぽう）にて務め申し奉る。

「やあやあ、これはこれは！　輝ける世界を統べる者にして大自然の調停者、魔法の深奥を解する万物の霊長、真白の笹葉（ささば）のごとき耳麗しき御方々！　東（ひんがし）の万緑より、遠路、かかる荒漠の地へいらっしゃるとはいかな御用向きでありましょう！」

うふ、止まりましたね。鷹すらも留（とど）めて、結構なことです。

さもあれ、今の修辞は公文書に用いられている文言。

すなわち、この地に外交を知る者がいるという証左。

つまりは、開拓地だからとおざなりな行動をとれば問題が生じるという警告。

聞き捨てにはできませんでしょう？

事が大きくなれば、西のヴァンパイアは想定の内としても……うふふ……怖い怖いトカゲの化け物の耳にも届くでしょうからねえ？

困りますよねえ？

人間領域への先制的な侵攻侵略は、これを行わないものとすると誓っていますものねえ？

「出迎え大儀」

虎乗りの雄のほうが出てきましたか。

水灰色の戦装束、長白竹の水筒、古木の短杖。矢筒なし。推定するに近接水使い。

外見は人間でいうところの中年。無表情。武威あり。いかにも叩き上げという風体ですね。

「名乗れ」

「当地の開拓司祭を務めております、フェリポでございます」

「アルクセム二等師である」

「御名御役を拝し、恐縮至極」

恭しく頭を垂れまして、そっと喜悦を隠しましょうか。

隙、早々とあり。

使徒が出張っておきながら、その副将が中級将校とはいかにも見劣りしますよ。

なんとも珍妙な編成。さりとて六百という兵力は中級将校にふさわしいもの。

ただしそれは、中級将校が主将であるのならという数。

さては、大兵力を用意できなかったのでしょうか。できない事情が隙です。

または、上級将校に手隙がいなかったのでしょうか。これもまた隙でしかない。

あるいは、使徒の参加は予定外でしょうか。性急さも強引さも、大いに隙ですね。

どのひとつ、あるいはふたつ以上にせよ、指揮系統の歪さがさらにどれだけ歪むかというだけのこと。なんと素晴らしい。

「我が軍はエウロゴンド共和国評議会の議決事項に基づき作戦行動中である。進駐地を用意せよ」

うふ、権威で押し通そうとしますか。実にエルフらしい判断。

エウロゴンドという言葉の響きを、絶対的な正義かなにかと捉えていて……笑止千万。

「お断りせざるをえません」

眉がピクリと動きましたよ、中年二等。

「なんだと？」

「お断りせざるをえない、と申しました」

「……弁明せよ」

「魔物の襲撃を受けたばかりなのです。辛くも追い払ったものの、これこのとおり、柵倒れ家屋崩れて瓦礫粉塵の散らかる有り様。陰には未だ遺体残り、それを食む魔物の足音も聞こえてくる始末。とてもとても、貴き御方々のご来訪をなど……」

昨晩の鷺とトカゲは、さて、どこまで偵察しえたのでしょうね。それを計るために、ここは煽りませんと。

「整えよ。そしてこの地の長を参上させい」

断じて命ず、ですか。

なるほど。だいぶ見られましたね。戦闘終了と兵力再編はまず確実に。

あとは内部への侵入を許しているかどうかですが。

「おお、なんということ。まっことまことに心苦しくも、それらのご要請にもまた、お応えできかねます。それと申しますのは……」

好機。六百葉の兵装を確認しましょうか。

嘆かわしさを身振り手振りして……ほほう……矢の数が統一されていませんね。やはり矢を消耗している。小隊なり分隊なりで譲り合うように数を平均化しましたか。

「もう、それはもう、魔物の群れは大規模なものでした。しかも狂猛この上なく」

つまり既にして戦闘行動が行われたということ。

一部の兵士が矢を射かけるだけで済むような、限定的で危険度の低い戦闘が。

「死闘に次ぐ死闘、兵も民も死傷者あまた。当地の長たる開拓軍尉もまたトロールを相手にして重傷を負い――」

たとえば、そう、勢子よろしく魔物を炙り出すような軍事行動。

けしかけて群れを成さしめたそこへ、水毒の魔法《狂気》を。

そして魔物は狂奔し、森の外へ。人間の土地へ。

魔物津波とでも名づけましょうか。

しばしば起きる疑惑の魔物襲撃、それを大規模にしたものとして。

まあ、これは予想どおり。裏付けがとれただけのことです。

「――昨夜未明、手当てむなしく亡くなりました。無念でございます」

「虚言を。あれが長であろう」

「おお、あれなるは開拓軍尉代行です」

なるほど。偵察は襲撃の翌日あたりからですね。しかも屋外からのみ。

「本来は開拓司馬ですので、あのように残兵の指揮を執っております。本来はご挨拶すべきところですが、この非常のとき、足下へ魔物鼠（ねずみ）が馳（は）せゆくようなご迷惑をおかけするよりはと無作法を働いております」

ふむ。魔物津波の経過と結果は確認したものの、さして周到な計画ではなかったようですね。

まさに中級将校が実施する規模でしかなく、本来はその程度の作戦であったと。

「こりゃ、アルクセム」

おやあ？

これはこれは？　この幼声は？

「いっつまで待てばよいのじゃ。わりゃは眠いのよ。早う落ち着かせてくりゃん」

「……殿下、いま少し」

「えぇ〜」

殿下。血統支配なきエルフにおいて、それはまさに使徒への敬称。

見た目は声のとおりの女童。

服装は華美にして布の多い仕立て。手には扇で武装なし。恐らくは風使い。

あれが、守護存在の特別な加護を受ける者……すなわちエルフの使徒。

「獣らも腹を空かしとるのよ。早う早う」

「……司祭、挨拶儀礼はいい。まずは糧食を供出せよ」

うふはっ。

短期計画で兵站（へいたん）の心許（こころもと）なしと。なるほどなるほど。

我、弁舌をもってする強行偵察を完遂せり。

おおよそは察せられましたよ。予定どおりであったろう魔物津波の発生から、予定にない今に至るまでの流れが。

「疾く、励ませていただきます」

幸いかな。つけ入る隙の、なんと多きこと。

足取りが弾まないよう気をつけなければなりませんねえ。

10 ドラデモ的エルフについて／竜侍は警戒する、未知の地の危険を

時に、身を委ねる。神の御心のままに。

時に、命を懸ける。神の御心に叶わんとして。

◆ドラデモ生実況・その七◆

大作RPGでRTAする人って、もうある種の哲学者だと思う。悟っているもの。

えー、はい、いもでんぷんです。

ちょっとトラブっています。

高速進行モードがですね、できなくなっちゃって……うーん……イベントが続いていますから問題ないっちゃないんですけども、睡眠スキップすらできないとか。

なぜゆえ？　クロイちゃんの寝顔観察実況でもやれと？

まあ、それは冗談として。

こういうトラブルも生実況の醍醐味ですからね。醍醐ってチーズ？　ヨーグルト？

元気なうちは延々と能力値上げをして、挫けたら観戦モード放置になると思われます。

ところでさてさて、おもしろな展開になってきましたねえ。

衝撃の謎展開でもあるんですけどね……やっぱバグってんのかな、これ……。

ええっと。マッチポンプな犯人はエルフだったわけですが。

火消しな騎兵隊はエルフ六百人、眷属四百匹、計一千兵力でした。これってばエルフでヴァンパイア相手に不正規戦やるときの編成だったりします。

手頃な数なんですよね。隠れやすいし、襲いやすいし、逃げやすい。

開拓地マッチポンプからの応用として、敵のおびき出しってのもあるんです。壊滅した開拓地を調査に来させてから包囲殲滅する作戦ですな。一千兵力あれば百や二百は封殺できるし。

とーころがどっこいしょ。

ホワイ？　ホワッツ？　なんでどうして使徒がまじっててんのさ！

場違いじゃゃん。いやまあクロイちゃんも使徒だけど。

だって、使徒ってば最強職です。各種族の切り札ですからね？　自領か他領かの違いは大きいわけで。

通常の場合、エルフに三人とヴァンパイアに三人います。枠が決まっているんで、それ以上は増えません。両勢力が拮抗する要因のひとつですな。

デラックスでスペシャルな今プレイでは人間にもひとり素敵な子がいますけど。

それにしたって……使徒が小勢で人間領だなんて。

しかもなことに、謎の登場をかましたエルフ使徒ってば。

サチケルちゃん！　サチケルちゃんじゃないか！

エルフ三使徒の紅一点にして唯一のロリ使徒！

公式サイト人気投票第二位のキャラですよ！

まあ、ステータス的には全使徒中最弱で、召喚魔法も《コール》系までしか使えませんけどね。

でもでも、対デーモン戦では欠くことのできないキャラなのです。いわゆる防御特化型なので。

こんなところで会えるとはなあ……いよいよなんでだろ？

っていうか、従僕はどこだ？　あの恐ろしいねーちゃんは……いた。そこか。

白マントでカモフラージュして上空とか、さすがはエルフ随一の飛行者ですわ。

彼女は『鷹羽（たかば）』のフレリュウ。

大天使『万鐘（ばんしょう）』のサチケルの従僕にして、多くのプレイヤーに「気づいたらゲームオーバーになっていたんですけど」を体験させた女。俗称サドンデス子。

ああも索敵警戒しているってことは、この謎イベント、局地戦か何かに発展していくのかも。

そのための戦力としてってことなら、まあ、サチケルちゃんがいるのも納得でき……ないなあ。サチケルちゃんだしなあ。

まさか大物が出てくる？

デーモンはないとして……ヴァンパイアの使徒とか？

いやないわー。さすがにそこまでいくと人間涙目ですわ。滅ぶもの。

あってせいぜいが中規模戦のはず。そんな願望。

で、エルフから仕掛けるのか、ヴァンパイアが襲ってくるのか……どっちにしたって開拓地へのコラテラルダメージ待ったなし。やっぱり人間涙目。

おっと、エルフ軍が開拓地へ入りますね。

割と整然とした感じに見えますが、力関係的にトラブル不可避。昨晩、偵察用眷属をブチ殺してもいることだし。

さーて、先回りして対処しますよ！

◆竜侍フレリュウ・I◆

見られた。

今、何かが私を見た。視線が、この身を矢のように貫いた……いいえ、穿った。透明無音の恐るべき槍のようにして。

高度を下げよう。慎重に。風を編みこんで。

揺るがずの大地に降り立つと、はっきりとわかる。身体が震えている。

こんなことは初めてだ。デーモンと戦ったときですら、私は誇り高く在れたのに。

危険だ、ここは。

ここには、何かとてつもない危険が潜伏している。

吸血種ではない。夜に巣食うあの者らは、日満つりの空に対してひどく無力だから。

今であれば、たとえ使徒が相手であっても十分に対処できる。恐れるものか。

危険……やはりデーモンにまつわる何かだろうか。

だとすれば、この土地自体に何か秘密があるのかもしれない。

このごろになってヒトが住みつきはじめたという土地だ。地下に何が埋まっているとも知れず、闇に何が溶けこんでいるともわからない。

そう、たとえば……旧世代の戦争で封印された古デーモンであるとか。伝説多き不死王の呪いであるとか。それならば評議会の緊急決定にも合点がゆく。

すぐにも、サチケル様のお側に侍らなければ。

そして警戒を厳に。昼にも月無き夜のようにして。

「どこへ行く、竜侍官。持ち場を離れて」

「く、アルクセム二等」

「雲間に潜み吸血どもに備える。それが貴官の役割だろう」

面倒な。さては監視されていたか。

「私の職責は竜帥殿下の身辺警護にある。まかり通るぞ」

「不許可だ。現状、いかなる脅威も確認されていない。持ち場に戻るべし」

「脅威……何かが起こってからでは！」

「不明瞭な発言はするな。格を下げるぞ、『鷹羽』の」

こいつ。融通の利かなさは織り込み済みだが、物言いに明らかな険があるぞ。

確かに不本意ではあろう。

今回の出兵、本来であれば吸血種の誘引殲滅作戦であり、彼はその力量才覚を存分に振るえるはずだった。二等帥にとっては喉から手が出るほどに望んだ機会であったろうが。

「忘れるな。本作戦における指揮権は当官にある。竜侍官といえど従ってもらう」

未練がましい正論だ。

評議会は、本作戦を威力偵察任務と改めた。彼が手塩にかけたのだろう部隊は、今やサチケル様の護衛かつ安全確保のための捨て駒でしかない。

「飛べ。そして吸血どもの早期発見に務めよ」

「……殿下はその建物だな」

「復唱せずか。ならば」

「知れ。あるいは確かめよ。殿下の安全は、貴官らの身命名誉その他すべてを合算したものよりも貴く、重い。これ以上邪魔立てすれば我が二つ名に懸けて排除するぞ」

ここで退け。アルクセム二等。

主流によって脇へやられる無念には同情するが、それを堪忍してこその誇りだろう。

お前は水使い。もしも腰の水筒へと手を伸ばせば……よし。それでいい。

「……二階の奥だ」

「感謝する」

あの態度。あの足音。もう少し冷静な男かと思っていたが、存外に激しい。

それほど今回の作戦に賭けていたということかもしれないが。

……危ういな。

やはりサチケル様から離れるべきではない。

警戒警備はまずまず。街路に居並ぶ兵員、屋根に配された風鷹（かぜたか）、瓦礫（がれき）に潜むカエルとトカゲ、屋内に伏せる銀豹（ぎんひょう）……隙はない。

さりとて所詮はヒトの手による建造物。塗り物の壁では気休めにしかならない。

「おりょ？　フレリュウ、戻ったのか」

「は、サチケル様のお側にて相勤めたく……あの、何をしておいでで？」

なんという愛おしさ。

部屋の奥、窓にへばりついていらっしゃる様はまるで雨ガエルのよう。

「うんむ。人間をな、見ておるのよ」

「ニンゲン……ヒトをですか」

「ちょうどな、うんまいことに童らの集まりが見えるのよ。五人六人とおるおる」

手招かれるまま、窓辺へ。

なるほど井戸端が見下ろせる。ヒトの子が数頭群れているようだ。

「桶に水を張っていますね」

「ぐふふ、ありゃ遊んどるのよ。水遊びじゃや。わりゃも好きだからわかる」

あれは、風に触れず土より浸み出でた水。すなわち我らの魔法に適した水にあらず。

ここは拠点に不向きな土地といえるが。

「んん？　なんじゃや、あやつら。獣らをつれて」

「ああ、あれは銀豹の水やりと――」

補給はなんとでもなりそうだ。牛馬が散逸せずに囲われているし。

「――餌やりでしょう」

獣らの好物である、ヒトの子も多く残っているのだから。

11 魔術師は詠唱し確信する、人間の戦いの行く末を

人間だ、ワタシは。

だから抗い、戦い、打ち倒す。人間らしく在るために。

◆魔術師オデッセン・III◆

「やりやがったな、てめえら……！」

三人だ。三人も殺された。

勇気ある兵士が、見事な男が、三人も。無残に。

「やれやれ、また小汚いのが出てきたぞ」

「変な臭いもする。やはりヒトは小さいのに限るな」

「雌がいいぞ、雌が。喰いつきが違う」

耳長が三葉に、銀豹が六匹か。

ふざけた話だぜ。こちとらが百人がかりでも勝てねえ戦力じゃねえか。

三人きりじゃ、なぶり殺しもいいところだったろうが。

任せろ。

後は、このオデッセンさんが引き受けた。

お前らが護(まも)り切った子どもらは、絶対助ける。死なせるもんかよ。

「のけ、汚物」

手に短矢。風使いか。ならば逆巻く空気に乗せてやる。

拳の内に木炭。魔力を浸(し)みこませ、握りしめて……おら、喰(く)らいやがれ！

「うおあああっ!?」

届いた！　《猛炎》！　焼いてやったぞ！

「火、火だと!?」

「魔法か、今のは！」

「てて手が、手があ！　水、水ぅっ！」

くそ、腕一本か。風の流れが予想より強かった。

あっちにゃ水魔法がある。延焼は望めねえ。畳み掛けねえと。

「ヒト風情が！　よくも！」

「燃えちまえ！　葉っぱ！」

とっておきだ！　瓶入り油を振(ふ)り撒(ま)いて、燃焼魔法、《焼薙(しょうてい)》！

「おおおおおおっ!!」

叫んだのは俺か？　それとも向こうか？

畜生！　ダメか！　炎を散らされた！

だがまあ、御の字でもある。風と水、二葉分の魔法と相殺できたんだから。

とにかく次だ。急げ。もう一発《猛炎》を……うおっ、やべえっ、銀豹が……！

「ひぇいっ⁉」

なんだ。槍か。目の前に槍が突き立った。銀豹を串刺しにして、地面に縫い付けて。

おいおい、なんとも既視感のある光景じゃねえか。

また、助けられたみてえだなあ。

石突きの上に片足立ちとか、曲芸かよ。そんで、黒髪を払うや、その手にいつの間にかの手斧と長剣だ。それも手品みてえだよな。魔法にしたって特殊すぎんだよ。

クロイ。

奇妙なことばかりする、やたらに強え小娘。

お前さんが何を考えてんのやら、俺にゃ見当もつかなかったんだが……ようやくわかったぜ。

感じるんだ、魔力を。熱い、激しい、まぶしいやつを。

怒ってんだな、お前さんは。

赫怒、烈火のごとしってか。

「き、貴様、なんということを！」

「野の豚め！　死ねえっ！」

おお、凄え凄え。風を斬り裂いて、水を打ち払って、お前さんの刃は敵へ届く。

それも魔法か？　ひと振りのたびに熱気が届くぜ。

お前さんにかかっちゃ、エルフも形無しか。ま、当然だわな。火力ってもんが違えや。速さも段違いだけどよ、ようは燃料が桁違いなんだ。

この気配。この圧力。

お前さんはとんでもねえもんを抱えてる。きっとひとり分じゃねえ。

あ、そうか……なるほどなあ。

そういうところに、神さんが、宿ってんのかもなあ。

「双方そこまで‼」

あ？　なんだ、あいつは。

身なりからすると耳長の士官か？

「私はエウロゴンド共和国軍竜侍官、フレリュウである。同胞よ、魔力を静めよ。ヒトよ、武器を収めよ。この場の争いはサチケル竜帥殿下がお預かりになられる」

竜侍官ときたか。そんで、竜帥殿下ときたもんだ。なんとまあ。

魔物の群れが可愛(かわい)く思い出されるぜ。正真正銘の化け物が来てんだからな。

終わってんじゃん。

勝てる勝てないの問題じゃねえ。これ、もう、人間が滅ぶかどうかの話なんじゃねえか？

どうすんだ。おい、神さんよ。

「竜侍官！　いいところに！　あれを、あいつを退治してくれ！」

「聞いていなかったのか？　私は争いをやめるよう宣言した」

「何をバカな！　見てくれ、この腕を！　それに……おい、おい起きろ、しっかりしろ！　うわあ、死んでる！　死んでるう！」

「二名戦死、一名負傷、六匹死亡か……酷(ひど)いものだ」

「おのれええええっ！　劣等種族うぅううあああっ‼」

風か。荒れ狂う魔法の風。

規模がでかいが……ま、大丈夫だろ。ほらやっぱり。

「痴れ者め」

おっかねえやつだな、竜侍官ってのは。抜き手も見せない早業ってか。

腕焦げの耳長はぶっ倒れて……首筋に一枚の尾羽が突き立ってやがる。

「聞け。此度の仕儀は竜帥殿下のご意思によるものにあらず。我が軍の補給にまつわる事故である。ゆえに軍の被った損害についてはいかなる沙汰もない」

事故。沙汰。

上から下へとやかましく鳴り響く文言だぜ。

「伝えておく。殿下はいたく御心を痛めておられる。ヒトの子が傷ついたのではないかとも仰った。そこで、私の独断でこれを持参した。使うがいい」

え、おいクロイ、これはお前さんが受け取る流れなんじゃねえの？

竹編みの小物入れ……薬籠か。まさかエルフの妙薬かよ。

ええい、俺が受け取っとくよ。もらえるもんはもらっとくんだ。薬にゃ善悪信条もねえからな。

「……最後に、これは私見だが」

あ、こいつ。コンニャロウ。

「エルフを焼く火魔法とは、驚異的だ。ヒトへの認識を改めるに足る」

この雌耳長め、体表に高圧の風をまとってやがる。ここまで近づきゃそれとわかるぜ。これじゃ生半な火は通らねえ。クソが。

「だが、それ以上に……」

目。クロイを見据える、その目。

なんつう鋭さ。まるで猛禽類だ。

「……脅威、と言わざるをえない」

おっかねえ、今にも襲いかかりそうじゃねえか。さすがに、争いを止めたやつがすぐ次に争うなんてことは……しねえよな？

クロイも警戒してんな。無手で背を向けてはいても、微動だにしねえ。

「何者だ、貴様」

やべえな。やりあうとして、俺じゃクロイの足手まといだ。

隙をついて子どもらを避難させるっきゃねえぞ。六人ともちゃんといるな？

「クロイ様ですよ、竜侍官殿」

やっと来たかよ腹黒司祭バカヤロウてめえ。ゼエゼエハアハアうっせえってのの息整えろ。

耳長どもとの舌使ったあれこれはてめえの仕事だろうがよ。

「遅えぞ、おい」

「折衝が難航していました。ウィロウ卿に後を任せてきましたが」

「三人殺られちまった」

「……ラキアル、アポロス、ロクトンの三名が殉職。忘れません」

そうか。そういう名前の男たちだったのか。俺も忘れねえぞ。

「クロイ？　それは名か。私が聞きたいのは……」

「人間ですよ」

おう、行け。腹黒司祭。言っちまえ。

「人間ですとも。他の誰よりも高らかに明らかに。そして我々の先頭に立つ御人ですよ。我々人間がこの大地に暮らし栄えていくことの象徴であり、偉大なる存在の加護を賜り生きていることの証明ですよ」

ははっ、お前もか。お前の腹の中も煮えくり返ってるってわけか。

そらそうだ。なまじっか話が通じると、こう、余計にむかつくんだよな。

「彼女こそ人間なのですよ。我々ひとりひとりが、生まれながらにして多くの権利を有していると……親に愛され、自らを誇り、子を愛する資格があるのだと……人間らしく在っていいのだと、教えてくれているのですよ。彼女は。クロイ様は」

いい笑顔だぜ、腹黒司祭。目から炎を吹き出しそうだ。

竜侍官は……けっ、当惑顔かよ。チクショウめ。

思いもよらない言動に出くわしましたってか。野っ原の原住種族が何を言うのやらって面だろ。

「竜侍官殿におかれましてはご安心を。謝罪と賠償の要求などいたしませんとも。子を襲われ、それを護り傷つく……なんと誇らしき栄誉。敵を打ち倒し、仇を討つ……なんと晴れがましき本懐。どちらも人間の美しき矜持にございますれば」

舌戦完勝、といったところだな。立場の差もあるだろうが。

とはいえ、まあ、敵もさるものか。撤収が早え。竜侍官のやつ、黙って死体から葉飾りを回収していきやがる。独特の遺品だ。耳長どもにとっちゃ首級並みに大事なやつだからな。

さて、と。

あっちの始末はあっちでやってもらうとして……クロイ？

殺された三人を見つめて、立ち尽くして、どうしたんだ。何を思い、何を感じ取ってるんだ。

これは……この魔力と気配は……バカな！　三人が立ち上がっただと⁉

いや違う。死体はそのままだ。俺は幻を見てるってのか。

おお、霧のようにぼやけた、それでも三人だとわかる幻影が……クロイに、クロイの背後に、巨大な何かにひざまずいて……そして溶けていく。

なんてこった。吸いこまれてく。クロイへと。クロイに宿る何かへと吸われてく。

クロイ、お前さんまさか……いや、間違いなく……武器だけじゃなくて……‼

「おお……デ・アレカシ……」

唇に触れる。俺じゃねえ。腹黒司祭か、今の祈りの言葉は。

デ・アレカシ。

神院で最初に教わる、真の言の葉。「そのようであってほしい」という願いを意味する。

神官が高らかに謳い上げる喜びを、この世界を肯定するあれやこれやを、心の底から望み願って唱和する……希望の表明。

デ・アレカシ。ああ、まさにデ・アレカシだ。

神秘文字で表すところの『DX』だ。

俺は、俺たち人間は、きっと勝つだろう。

俺のごときは途中のどっかで死ぬだろうし、腹黒司祭や名門騎士だってくたばるだろうが、何の憂いも問題もねえ。
俺たちは勝利の瞬間まで戦える。どんな形であれ、戦い続けられるんだ。
今、そうと知った。
なら、いつか勝つだろ。人間はよ。

12 騎士は堪忍し待望する、人間の誇り輝くそのときを

天と地の狭間に、赤く燃える地平がある。
ワタシは征きたい。そこへ。神の望むままに。

◆騎士アギアス・Ⅲ◆

エルフの傲岸不遜は、今更に腹を立てるほどのことでもない。

「軍尉、何度も言わせるな。不十分だ。豆と芋と小麦粉、そして牛馬もな」

「何度でも申し上げよう、二等帥殿。我らにはこれ以上を供出する義務がない」

部下を遠ざけられ、飲食するエルフに囲まれて、もうどれほどの時間を直立不動でいることか。

フェリポ司祭の首尾やいかに。

「度し難いことだ。こうも忍耐を試される」

同意だ。わざわざそうとは示さないが。

「敬意が感じられん。残念なことだ」

「幕舎の設営ばかりか、炊事もお引き受けした。既に十二分な協力を致している」

「エウロゴンドの民に寛容を乞う。ヒトらしいことではあるが」

「バルトリアル条約を遵守し、履行いたすのみ」

「古法にして古則。いや、それを口実にした姑息と評そう。恥を知らん」

四方八方からの嘲笑か。エルフのそれはまるで木々のざわめきのようだな。どこか楽団の音合わせにも似る。音楽に長けた種族ならでは、といったところか。

「……腰に下げているそれは、剣か」

「然り」

「武装したつもりか。それで」

手を変え品を変え、だな。どうしても私を激昂させたいらしい。

「左様にござる」

「我が軍の弓矢を前にしてはまるで届かず、吸血種の金棒を相手にしてはたやすく折れるものが

……その程度でしかないそれが頼りか」

「心より」

執拗だ。苛立っているようにもうかがえる。

彼をしてそうさせるものは何か。驕りか、侮りか。焦りか、憤りか。

いずれにせよ、これは戦いだ。

私は攻勢を強める敵中に孤立している。今のところ隙無しの陣構えでいるものの、来援が不確かである現状、居着きの先には引き分けなし。惜敗とて望むべくもなし。

「ご覧になるか」

であれば、動くべし。後の先をとって。

「……見よう」

行け。我が剣。我が先鋒(せんぽう)。

「ふむ、落とした。重くてな。野蛮な音を立てるものだ」

「百錬鋼の剣なれば、軽々しく扱えず、軽はずみに鳴らず」

「ふん。拾ったのは、いい。だがなぜ汚れを払わない」

「軍人とは戦場の土に枕する者。いわんや武具をや」

「まさに荒野の妄念だな。しかも……うむ……抜けん」

「抜かぬがよろしかろう。白刃は血を呼ぶゆえ」

「斬れるつもりか。エルフを」

「ただ刃の意味を知るのみ」

「斬れるつもりなのだな、ヒトのごときが」

地へと放られた剣を再び拾う。柄(つか)に触れるなり伝わる強情がある。私に似て頑固者のひと振りということだな。

「試してやろう。それが頼るに足る武器か否か」

「試合うには、立場が重く得物が鋭いと存ずる」

「問答無用。臆したとて試す。そう決めた」

激したように見せて、その目配せの素早さよ。強(したた)かな将校だ。

「矢を射かける。応じてみろ」

言うが早いか弓弦音。正面からにあらず。側面と背後から。

空裂の二矢。肩と脚とに先触れの風あり。エルフの弓術は魔術を伴う。

致命傷を狙わないそれが、そのままに、これが謀りであることの証左。

この者は我らの暴発を望んでいる。

ゆえに、抜剣一閃（いっせん）。

高速をもって二矢を斬り払った。

ふむ……静かなものだ。

種族は違えど武は武、兵は兵。相手の技量を推し量らんとすれば黙り視（み）る。ふふ、唾飲む音を隠そうとするのか。名も知らぬ射手よ。恥じることはない。

実は私も、我が技の冴（さ）えに感じ入っているのだ。自惚（うぬぼ）れているつもりはないぞ。

加護だ、これは。

人間が刃を振るうことを、神は祝福してくださっている。

「何をしているのか！」

怒声が空から降ってきた。エルフの飛行者か。

「アルクセム二等！　説明せよ！」

「何を、というほどのことでもない。ヒトが剣を抜いた。私の前でな」

「バカな！　それ以前に軍をもって囲い、射掛けたではないか！」

「見ていたのなら説明させるな。竜侍官」

「貴様……殿下のご意思を蔑（ないがし）ろにするつもりか」

「さて。私は糧食を確保しようとしただけだ。職責の範疇（はんちゅう）でな」

身内とすら敢（あ）えて争うのか。なるほど。

そうまでしても場を乱したい……つまりは狼煙(のろし)を上げたいのだな。この地に闘争を招くために。

させるものか。この私の目の前でなど。

「誰知らずや行禍原(いくまがはら)、丘波打つこと嵐の海のごとし……」

粛々と吟じはじめる。曲目は古の戦歌。

抜き身の剣を手に、舞って。

「南より吹く紫雲の魔風、遥(はる)かに仰ぐ天境の峰々……」

朗々と吟じ、舞いに舞う。

合いの手の代わりに剣風を響かせ、鼓の代わりに大地を踏み立てる。

ただ聞け。ただ見よ。これもまた戦の作法であるぞ。

「聞けよ千軍万馬の声、槍林(そうりん)原野に影を成し、矢石豪雨と為(な)る……」

過日、この地は死地であった。未(いま)だ戦地ではあるも、生地になりつつある。

いや、それればかりか聖地になろうとしているのだ。

吟じようとも。舞おうとも。武芸を献じる喜びを全身に満たして。

「……強者(つわもの)果てるところ、月影静かなり。一旒(りゅう)の戦旗、漠地へと伏せる」

音の終わりは、刃が鞘(さや)へと潜みきる鍔鳴(つばな)り。

剣帯へと戻して威儀を正す。一礼。

「お粗末。拙き芸なれど、貴軍の武勇威容に敬意を表さんと披露(ひろう)仕(つかまつ)った」

ああ、静かだ。

静かだから、草葉のこすれるような音が聞こえる。兵卒のささやきにこそ軍の本質がある。

神妙な驚きと、好奇、関心……といったところか。

やはり、人間もエルフも、戦う者の純情にはさしたる違いなし。

兵とは本質的に素朴で野蛮だ。敵に猛り、敵を恐れ、敵へ挑む。

そこが同じであればこそ戦術が通じる。殺し合えるからこそ、時に、共に戦うこともできよう。

「貴殿は、確か、この地の代表代行だったか」

来たのは竜侍官のほうか。この場だけは、とりあえず治まったということだ。

「開拓軍尉代行、アギアス・ウィロウと申す」

「うむ。見事な武舞であった。叶うならば笛で伴奏をしたかったほどだ」

「光栄にござる。機会あらば」

「そうか。嬉しく思うぞ。しかし、それはそれとして、緊急に話さなければならないことがある」

「居住区で起きた騒ぎについて、ですな」

「そうだ。アルクセム二等、貴官にも同席してもらうぞ」

幕舎へと招き入れられ、薦められるままに着座する。

既にして植物で飾り立てられた内装が、ここが敵地敵中であることを教えている。

「早速だが、報告を頼む。竜侍官」

「うむ。残念ながら両軍に被害が出る形となった」

フェリポ司祭の到着を待たずにはじめる、か。

竜侍官のほうにその意図がなくとも、二等師のほうは違うな。急いでいる。あの弁舌鮮やかな男に対して随分と苦手意識を持ったようだ。気持ちはわかるが。

「此度のこと、竜帥殿下は大変にお嘆きだということを告げておく。今も悲しみに臥せっておられる。そもそも事の始まりは……」

説明する竜侍官の面持ちは、沈痛といっていい。

それが犠牲者に対するものかどうかは、さて、わかりようもないが。

「……なるほど。それで三人の兵士が犠牲に」

人間の居住地へエルフの軍が進駐する……もとより無理のある話だ。

しかも魔物の襲撃があって混乱しているところへなのだから、むしろこの程度で済んだと評すべきなのかもしれない。人死にが出てなお。

「重ねて言うが、竜帥殿下のご意思によるものではない。むしろ止めようとなさっていた。取り乱されながらも、私へそう指示されたのだから。ただ、その、私には理解しがたい内容で……」

およそ察せられるものがあるが、言葉には出すまい。

エルフにとって人間とは重んずるに値しない存在なのだから。

「待て。三名六匹が全滅だと？　我が軍の者がか？」

「非はこちらにあるぞ、アルクセム二等。進駐地で暴行略奪など」

「その是非など、後だ。ヒトがエルフを殺めたというのか」

「……そうだ。私が目撃した」

「信じられるか、そんなこと」

信じがたいことをするとなれば、脳裏に思い浮かぶのは黒髪の彼女だ。

クロイ。

先ほどは私とフェリポ司祭を遠巻きに見守っていて、街の異変を察するや駆け去った。

そして子を救い仇（あだ）を討ったか。エルフを相手取って。

「……我らは」

クロイの行動を思えば。

それを通して神の意思を推し量れば。

「我らが軍は」

今、この地の兵権を任された私が為（な）すべきことは……宣告だ。

「人間を守護するために、在る。右の手には刃を、左の手には火を、それぞれに万端準備している。無闇には戦うまい。されど戦うことを厭（いと）うまい。我らが軍は炎である。一度燃え広がれば、敵を灰燼（かいじん）と化すまで、猛（たけ）り狂（くる）うことを躊躇（ためら）わず」

エルフとヴァンパイア。

人間に理不尽を強いるふたつの脅威。

どちらに対しても、人間は力を具体的に示す必要がある。そうしなければ拓（ひら）けない未来があり、その未来のためにこそ身命を費やしたいのだ。私は。

だから今は……押して忍ぼう。忍ぶれど押しもして。

譲れない一線を明らかにし、人間の誇りをいたずらに損なわせず――

「光り輝ける貴軍におかれては、ゆめゆめ、忘れなきよう」

――機会が巡り来ることを、待ち望んでいようとも。

13 童女は誓約する、揺れる神の影に／ドラデモ的トラブルについて

神は示してくれる。戦技を、戦法を、戦術を、戦略を。

百戦錬磨の凄まじさ……万難を斬り裂く、神の刃そのものだ。

◆童女シラ・Ⅲ◆

エルフは、シラたち人間と違う。

真っ白な肌。薄い色の髪は、細くて、風にも水にも溶けてしまいそう。

ひらひらした服と編み靴。空を飛んだり、すーって滑るみたいに歩いたりする。

絵物語に出てくる妖精みたいだけど……すごく怖い。

目が、冷たいんだ。氷のよう。

遠くからシラたちを観察していて、微笑んでくる。

でも油断しちゃダメ。弓の弦を鳴らしたり、豹や鷹をけしかけたりして、おどかしてくるから。

慌てるシラたちを見て楽しそうに笑うから。

綺麗な石の飾りを放られたことがあった。

拾おうとした子を止めたのは、シラ。

だって矢がつがえられてたから。あのエルフは本当に射る気だったと思う。

クロイ様は、エルフを見張ってる。

ずっと見てる。魔物を見るときと同じ目で。夜も眠らないで、ずっと。ずっと。

今夜も瓦礫（がれき）の塔の上、夜よりも黒い髪をしっとりと垂らして。

「クロイ様は……エルフが嫌い？」

聞いてみた。

聞いておかないといけないって、思ったから。

「ううん」

「人を殺すのに？」

「うん」

「……やっつけたのに？」

「うん」

好き嫌いじゃないのかな、クロイ様が戦う理由って。

魔物を倒すときも、すごく真剣な顔をしてたけど、別に憎んでるって感じじゃなかったもん。

「なら……なんで？」

強いから戦うっていうのじゃ、嫌だな。そんなの。

「怒っているから」

「え？」

「だから、戦う」

そんなふうには見えない。全然。クロイ様はいつも静かだもん。

「誰を、怒ってるの？」

「世界を」

「世界……この世界？」

「うん。このままにはしておかない」

世界。シラたちが生きる場所。死ぬ場所……殺される場所かもしれないけど。

「どうして？」

「人間がいなくてもいいから」

あ、それって。

「この世界は、人間を必要としていないから」

うん、うん。

「それが、ひどく憤ろしい……ワタシは」

わかる。わかるよ、クロイ様。

お父さんも言ってたよ。

世界はとても薄情だって。だから、どんなに危険でも戦うことをやめられないんだって。戦わないと、情けなくて情けなくてたまらないんだって。

人間には神様がいなくて。

だから何をやっても、弱くて。敵わなくて。何も叶わなくて。

それで、言葉を話す他の種族からは相手にされない。

好かれない。嫌われない。無視されるわけでもない。

もっと情けなくなるような雑さで……適当に厳しくて適当に優しい……どうでもいいっていう態度なんだ。エルフもヴァンパイアも。

そうか……相手にされないと、誰かを憎むこともできないんだ。

叫び出したくなるような、この思いは……うん……怒りだ。

シラたちもここにいるんだぞっていう、涙が出ちゃうような、大絶叫だ。

「……教えておく」

「はい」

「神は、ずっと側にいてくれるわけじゃない」

「え！　え、それは、どういう……」

「神には神の戦いがあるからだと、思う」

神々の戦い……エルフの神とヴァンパイアの神はずっと昔から戦ってるって、司祭さんが話してたな。大変迷惑な取っ組み合いをしてますって。

「エルフの、トカゲの化け物と……ヴァンパイアの、コウモリの親玉？」

「……人間の神は、鬼」

「おに？」

「戦の鬼。戦って戦って戦って、今またワタシを導き戦っている、火炎の軍神」

言い切るクロイ様の背に、ゆらゆらと、とてもとても大きな気配。

座ってる……鎮座してる？

神院に飾られてる絵とか像とかと違って、何本も手があるわけじゃなくて、剣とか槍とかも持ってなくて……不思議な道具に囲まれてて……目を閉じてる。

顔はわからないけど、目をつむっているのは、わかる。

神様がいる。

シラに見えるこれは、たぶん神様の影でしかないけど。

でも、そこにいる。クロイ様の側にいる。感じるんだ。神様を。

あの目が開かれたとき……また戦いが始まるんだ。きっと。

「シラ」

クロイ様の声。

神様の力を宿した、綺麗な声。

「いつかワタシが倒れたら……そのときは、あなたの番」

こみ上げる悲鳴を噛んで殺して、聞く。聞かなきゃいけない。

「備えなさい。すべてを懸けて」

うなずいた。命懸けのうなずきだ。

だって、これは誓約だから。神様との約束だから。

だから、ね。お父さん。

シラも戦うよ。

人間らしく、誇らしく在るために。

◆ドラデモ生実況・その八◆

んはっ、やばっ。うぉぉ……今寝ちゃっていましたよ。でも戦闘なかったからセーフ。

こんなときはコーヒー様だ！

いもでんぷんはインスタントがば入れお湯ドバー派です。砂糖もミルクもスプーンも要らぬう。

黒々としたカフェインさえあればよかろうなのだ。

ああ、うんまい……神の飲み物だよぉ。

さてさて、ここらでちょっと開拓地の現状を評価しときましょうか。

んー、まずまず。七十点。

結構な高水準ですね。エルフ軍の進駐って割と危険度高いんで、まだまだ油断はできない感じですけど。民満足度急降下の突発イベントとかマジ勘弁ですけど。

なんていうか、こう、エルフさんってば煽り上手というか差別主義者というか。

基本的にやり方が無神経なんですよね。

いわゆる戦争犯罪はもろもろ起こるとして……ドラデモ的リアリティー……エルフ進駐で多発するのは主に住居関係のトラブルです。

森で暮らす種族だから、なんですかねぇ？

エルフ、家をオモチャみたく考えていて、すーぐに没収するんですよ。そんで特に意味もなく散らかしたり、記念品漁ったり、弓矢の的にしたり、アートを施したり。

全部、人間には野宿を強要しておいてですからねえ。

あと、子どもを狙う。レート大丈夫かってくらいに子どもを弄ぶんですわ。

ええと、エルフキャラでプレイするとわかるんですけどね？

エルフにとって人間の子どもって珍獣なんですよ。エルフ、まったく育児しないから。幼生体のときってキノコの森で完全集団生活だから。

しかも眷属獣の好物がねえ…………ラムとマトンじゃないんだから。んもう。

そんなわけで、先だっての戦闘イベントは一応予想していたのでした。別のところ警戒していたせいで兵士に犠牲出ちゃいましたが。

ぶつかっちゃえば楽勝なんですよね。

エルフの風使い二人に、水使いひとり。そして銀豹六匹とか。

今のクロイちゃんを止めたいのなら、その十倍でも足らんよー。はっはっはー。

何せ《アセプト・ブレード》があるうえに、近接戦闘に特化させた《火刃》持ちですからね。エルフにとっちゃヴァンパイアの《雷撃》持ち並みに天敵ですわ。

あ、どちらも敵の魔法ぶち破る系のスキルです。物理で殴りたい人向け。

ただ、ねえ……こちらも油断大敵だったりします。

ほら、サドンデス子いますから。『鷹羽』のフレリュウが。

あいつ、あのねえちゃん、《アセプト・ホークテイル》って魔法を使うんですよ。鷹の尾羽を召喚するやつを。

んで、それを風魔法で自由自在に飛ばしてきます。

ようはホーミングするダーツ。しかも無音、無挙動、無限弾数でマルチロックオンあり。さらには任意で毒を塗布ときたもんだ。

凶悪すぎますわ……どこの可変戦闘機だか超能力者専用兵器だかって話ですよマジで。

暗殺、されたくないなあ！

主のサチケルちゃんは愛でときゃいいとして、あと注意しとくべきなのはモブ将官くらいかな。あの中年エルフ、水の近接系っぽいし。

でもま、エルフは味方ですから。今のところとりあえずたぶん一応は消極的に。

とにかくも、次は対ヴァンパイア戦です。

まず間違いなく襲ってくるんで。人間の開拓地にエルフが居座るのを、へーほーふーんって見過ごす連中じゃないんで。

彼ら彼女ら、基本的に全員バトルジャンキーだし。人間のことリアルに食材扱いだし。

生き残る、とは言いません。もっと強気に。ここは勝ち残ってやりますよ。我らがクロイちゃんの《コール》系は、総信仰値的に間に合うかどうか微妙ですけど。

それよりも、最大のネックは……直る気配なきシステムエラー。

やばいですよ。

なんか中断セーブできないんですけど。

これ、高速進行できないよりよっぽど致命的なんですけど。

っていうか、今回のプレイはじめてまだ一回も中断してないんで、あのその、人としていろいろとまずい気がしますです！　風呂とか着替えとか！　仕事も！

でもなあ……ここまで来てのデータ削除は嫌だしなあ……ふわーあ。失礼、あくびしました。

ここは、あれかな。最悪の場合は有給休暇で延長を……。

うーん……『黄金』と『水底（みなそこ）』に、一撃ぶちかまさないと……。

……すぅすぅ……もう食べられない……。

14 神官は感嘆し希求する、人間の美しき地平天成を

ワタシは神を知る。人間の神を。
いずれ必ず他の神も知るだろう。刃を手段として。

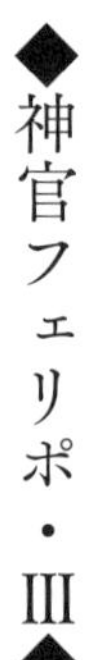

◆神官フェリポ・III◆

竜侍官は、頭こそ下げませんでしたが、それに近しい態度でしたね。

「司祭、どうか聞き届けてもらいたい。竜帥殿下はただ一心にヒトの子らを慰撫したいと思し召しなのだ。実のところ、触れ合いたい、語り合いたいとも願っておられる。しかし過日の件がある。せめて真心を示したいと仰っていて……」

どんな言い方をされたとしても、内容が内容だけに、こちらには断りようもなかったのですが。

さて……どうしたものでしょうねえ。

神官職にある僕に言わせれば、エルフの信仰など異教にして邪教。ドラゴンなどというトカゲの化け物を崇め奉る、理解に苦しむ変態性癖に等しきもの。

よって、エルフの使徒など忌むべきものの筆頭格……そう考えているのですが。

困りました。やれやれですよ。

美しいではないですか。

夕暮れの空へ浮かぶ幾百幾千の風鈴。

どうやら生き物であるらしいそれらは、小さな竜師の意のままに、鳴ります。鳴り響きます。響き奏でます。奏でて満たします。世界を透明な高音で彩っていきますよ。

おや、更なる出し物もあるのですか。

数十の、なんとも筆舌に尽くしがたい大きなものも浮かんできましたね。ほう、膨らみました。まるで釣り鐘のようです。やはり生き物なのでしょうか。

それらもまた演奏しますか。低音で。共鳴して。高音を支えて。包みこんで。

幾万の音色が織りなすは、繊細にして厳かなる音楽の情景……おお……この目に浮かぶようではありませんか。めくるめく光の世界が。まばゆき大自然が。万物の調和と平穏が。

これが、エルフの美意識。

これが、エルフの世界観。

「見事なものだ」

ええ、ウィロウ卿。僕もそこには同意しますよ。

「芸術に種族の垣根はない、と笑えたならよかったが」

ああ、まったくもってそのとおりですね。決して笑えやしません。

「子どもらは喜んでっけどな。見た目もよ、なんつーか、おもしろおかしい感じがすっから」

はい、オデッセン殿。ごもっともです。

もしも無垢な心で仰ぎ見られたならば、荘厳さはどこかぼやけて、珍妙にして滑稽な光景とも映るでしょうね。どのひとつにも目と鼻がありますし。

「けどよお……わかってるよな？　あれら、全部が全部、妖精とか精霊の類いだかんな？　ったく、とんでもねえ魔法もあったもんだぜ。クロイの使うやつと同質っぽいが、規模が桁違いだろ。バカバカしくなるくれえによお」

まさに。まさに。

開拓地を包みこんでいるものの正体は、つまるところ、エルフの真の実力。

使徒を通じて投射される、トカゲの王……竜神の力そのものなのです。

おやおや。ウィロウ卿も、オデッセン殿も、黙りこんでしまって。

かく思う僕もまた、唇をきつく閉じているきり。

まったく圧倒的です。そう言うより他に表現のしようもありませんよ。

目蓋こそ閉じられても耳には蓋するものがなく、よしんば手で覆ったとて、心へと浸透してくるものを防ぎようもない……なんという、なんという美しき乱暴蹂躙。

そう……これは暴力ですよ。

どんなにか文化的で素晴らしいものであろうとも、これは暴力ですとも。

なぜなら、この素晴らしさの中には人間の居場所がありません。

どこまでもエルフの美的感覚であり、エルフの理想世界でしかないのです。

ましてやこの甚大な魔力。

僕たち人間は、観客として見惚れるより他に何も許されていません。感動を強いられて。

「……美しいものですね。本当に本当に、美しい」

認めましょう、それは。否定のための否定など愚劣の所業。

「自己を肯定し、堂々と誇示し、悠然と存在する……羨むばかりの文化です。我こそはこの世界の主役であるという、その自負なしには、想像も創造もできない幻想ですからね」

ゆえに、僕らのような大人には受け止めがたいのですよ。

酷でしょう。これは。

さもしさを思い出させるなんて。

無力であるという惨めさは、味わえば味わうほどに心しぼみ涙かわき……人間を骨と皮でできた何かへと変えていって……希望を根こそぎにします。絶望を患わせます。

その病苦たるや。考える力を失うことでしか、耐えられやしません。

子どもは、違います。ええ、子どもは素直に喜べますよ。

今はまだ。世界を色鮮やかに体験できます。遠からずしおれていくとしても、今しばらくは。

で、あればこそ。

そうであればこその、回天の事業。

「我らも、美しく在ればいい」

さすがはウィロウ卿。発言を先んじられましたか。

「すぐには叶(かな)うまい。しかし、求め続けることはできる」

これは驚きました。

その言葉。その横顔。ご実家との関係においても既に決断をしたということなのでしょうね。

「ま、あれだ。俺らじゃなくてもいいんだよ」

ふむ、オデッセン殿の眼差(まなざ)しは清く澄んでいます。続く言葉が察せられますよ。

「探検の理屈だ。切り拓いたり掘り進んだりするやつは、汚れていい。倒れちまってもいい。次のやつが先へ進める。そんで、いつか、綺麗なもんにたどり着くんだ。そうなりゃ勝ちだ。後から来る連中にとっちゃ、綺麗なもんが当たり前になる」

なんとも痛快な理屈ですね。進んで命を懸けたくなるほどに。

それを実践しているから、オデッセン殿はそのような笑顔を浮かべられるのでしょう。

おや、ウィロウ卿も同じように笑いますか……おやおや、僕もかもしれません。

よろしい。

今はエルフの美に浴しましょうとも。心身のしびれに甘んじましょうとも。

しかし決意をこの胸に確かめましょう。なんとなれば、僕らには……え？

クロイ様？

誰もが動けずの今を、駆けて……塔の上、旗のもとへ？

美景美音を一顧だにせず、鋭利な眼光を向ける先は西方。紫色を滲ませ、夜の始まるその方向。

まさか。

いや……そのまさかなのですね？

音に乱れ。否。あれは妨害です。物理的な手段による。

投石ですか。西の空をまだらに汚すあれらがすべて投石とは。

数百と飛来して、宙に浮かぶ風鈴たちを打ち落としていくなど、なんと無茶苦茶な。

音楽は崩れて石が……降ってはきませんね。風鈴の性質でしょうか。消え際に石を巻きこんで。

「おい！　これって！」

「ええ、そのようです」

鷹(たか)が飛び立ちました。エルフの飛行者もまた。

甲高く、笛の音。心をひっかくような、不吉極まるその響き。

「軍を動かす。総騎馬でだ」

「そうするよりありませんね。壊れた北門の側(そば)にはエルフ軍がいます。西門も使われるでしょう。南門を封鎖して、東門を退路に」

門。そして土塁や木柵。それらは内と外とを区分けて日常を護(まも)るもの。

エルフはもちろんのこと、この相手にも、象徴としてしか意味をなさないでしょうが。

「司魔殿には民の避難を頼む」

「任せろ。だが、いざとなりゃぶちかますからな」

「そのときは総掛かりだ。できる限りを」

「なあに、耳長は燃やせた。黄目だってやったらあ」

ご両名とも頼もしい限りですね。

僕だとて、そのときは槍(やり)を握っているでしょう。人事を尽くすことこそが信仰に適(かな)う道ですから。

「司祭さんよ、耳長どもに話つけといてくれよ？　とんでもねえ状況には慣れちゃきたが、さすがに両方とやりあうってえのは御免だ」

「……壮絶だな、それは」

「拙僧にお任せあれです。舌を引っこ抜かれてでも交渉をまとめますよ」

軽く笑い合って、それぞれの役割へ。
僕ら三人が、また欠けることなく集えるのかどうかはわかりませんね。
あるいは三人とも死に果てるかもしれませんが。
クロイ様がいます。いてくださいます。何の不安がありましょうか。
さあ、戦ですよ。
人間の開拓地を舞台にして、エルフとヴァンパイアの攻防が、今。

15　竜侍は失意し狼狽する、吸血の襲撃と衝撃の連続に

事の終わりに滅ぼされるのを、待ちぼうけるなんて。

ワタシは認めない。まだ死んでいないだけの、生なんて。

◆竜侍フレリュウ・II◆

なぜだ。どうして、こんなことに。

「ひゃわ、わわわ！」

おいたわしやサチケル様、か細い御手をお振り回しになって。

「ぜ、絶対に、わりゃは子どもたちを……！」

我が身の無力が口惜しい。

霊験なる浮鈴と空鐸の操作使役は、サチケル様の他に誰が代われるものでもない。従僕を務めるこの私とて。

「フレリュウ！」

「はっ、お側に」

「アルクセム、アルクセムに！　怖いの、追っ払うよう！」

ここを離れがたい。

しかし眷属を配せば、少しの間ならば。

「直ちに！」

もとより屋上だ。飛ぶ。

既に戦端は開かれている。飛行者たちが《颪矢》で牽制する先には吸血種どもの汚影。

その数は百数十といったところか。小勢だ。

アルクセム二等は……そこか。西の門前、陣容を整えて。

「出陣の前にしばし！　二等！」

「竜侍官か。拝命に来るとは殊勝なことだ」

「何を言っている。殿下からのお言葉を申し伝えるぞ。吸血種を追い払え。殿下はニンゲンに被害が出ることを嫌っておられる」

「そうか。では当軍の指揮官として命ずる。空から支援せよ。以上」

なんだ、それは。

非常時ゆえにひざまずかずとも見逃したというのに。

その目その顔その口振り。

それが、竜帥殿下のご下命を拝受する態度だというのか。

「アルクセム二等……！」

「命令不服従か。軍法会議ものだ。しかし功罪相半ばではある。主の功を従が潰す形だがな」

「何を、貴様」

「召喚の御術をもってする演奏は、見事、吸血種どもを誘引した。この位置でこの時刻にだ。実に効果的であったと言えよう」

　こいつは。

　この男は何を言っている。鼻を鳴らして。

「目立つ魔法だ。うまくすれば次々に吸血種を呼び寄せよう。うむ、そう思えばまだ功が勝るか。当初思い描いた形よりもよほど戦争を望める。殿下が専守防衛の御方というのもいい。戦果はすべて私のものだ」

　違う。違う。

　サチケル様は戦争など望んでおられない。

「……いや、やはり相半ばか。我が隊の三名六頭のことがあるからな」

　評議会よりこの地へ向かうよう指示され、サチケル様は笑顔をお浮かべになられた。

　楽しみであると仰（おっしゃ）った。

　ニンゲンの子らと語り合いたいと。叶（かな）うならば共に遊びたいと。

「いずれにせよ、邪魔にならなければそれでいい。好餌であれば、それで」

　泣かせてしまったからには、せめてと、精一杯に音楽を奏でられて。

「命令を撤回するぞ、『鷹羽（たかば）』の。好きなだけ侍（はべ）り仕事をしていろ。殿下には御心のままにここをお守りいただかねばならん。この、素晴らしい狩り場をな」

　そう言い捨てられて、何を言い返すこともできない。

　罵ったところで、どうなる。愚かさを際立たせるだけではないか。

　サチケル様へ演奏を進言したのは……私なのだから。

この男の策を見抜けず、この男に薦められるまま、良かれと思って。

認識が甘かった。

ここまでするのか、前線を駆け回る指揮官というものは。そうまでして戦功を稼ぎたいのか。

軍が行く。西の門より出でて布陣していく。

水使いが前衛。風使いが後衛。銀豹は温存して中衛か。多勢の利を活かしての長い横陣。

石弾を風矢と放水でしのぎつつ、地を濡らしてゆく。戦場を整えていく。

展開が早い。練度が高い。アルクセム二等の実力がうかがえる。

「なんだいなんだい！　それっぽっちなのかい？」

大声を上げた、あれが敵将か。

年のいった吸血種の女。大柄で、戦槌を得物にしている。

「景気よく大魔法をぶち上げたんだ！　千でも二千でも兵を出したらどうだい！　吹き溜まりの枯れ葉でなしに！」

呵々大笑するそこへ、強風に乗った矢が三本飛びゆく。

なんと、すべてを片手で鷲づかみとは。

「名乗らないばかりか、名乗らせずたあね。見下げ果てた雑兵枝どもだ。興が削がれたね。おい、お前たち。撤収するよ」

「……よく吠えると思えば、逃げ口上だったか」

「おや、今更になってカサカサと何か鳴ったよ？」

「逃げたくば逃げろ。獣にふさわしく、どこまでも追い立ててやる」

「はん、名無しの落ち葉が言うもんだ」

「アルクセム二等帥だ。死んで汚獣の王へでも告げろ」

「ベアボウ百牙長だよ。苔生しの巣穴で泣き寝入るんだね」

戦線が動いた。

横陣の前面を浸していた水が、大小様々な蛇の群れと化して跳ぶ。襲いかかる。

水使いたち渾身の《水蛇》だ。

風使いたちの《風矢》も空から地から連射される。統率された一斉魔法射撃。見事な。

吸血種たちは防ぐよりあるまい。

地面から砂煙と共に数十の壁が立ち上がった。《土壁》や《石盾》だ。土使いが多いようだ。

投石の止んだその隙へと銀豹が馳せる。矢を追う疾走。見事な差配だが。

敵もさるものだ。

壁の内側にいない。防御を目晦ましにして大きく退いていた。

しかもそのまま後退し続けるだと？

まさか本当に退却するつもりなのか。数の差はあるとはいえ。

何にせよ、この退き際の良さ。アルクセム二等の舌打ちが聞こえるかのようだ。

「前隊、抜筒。直進して追う。後隊、左右より迂回して牽制せよ」

水使いが水筒を握った。突撃の姿勢だ。

風使いは《滑走》か。地を氷上のごとくに高速走破する魔法。

やるなアルクセム二等。とっさの追撃においても半包囲を狙うとは。

「行くぞ。一石とて逃すな」

軍が前進していく。

西の森は針葉樹が多く勾配も激しそうだが、そこへ至るまでに追いつきぶつかるものか。それともなだれこむか。どちらになるかは、飛行者次第となるだろう。

もしも伏兵のひとつもあったとして……打ち破るに違いない。アルクセム二等ならば。

そう見切ってなお、胸騒ぎがする。

サチケル様の元を離れているせいか。残った兵の少なさゆえか。

飛び立つ。まずは戻ろう。

投石の途絶えた今、既に浮鈴（クラゲ）と空鐸（マンボ）も消え去って、渾天（こんてん）は不穏な色に染まり淀（よど）んでいる。森を焼く赤と、吸血はびこる夜の黒とに。

視線は感じない。

あの、危険極まる、とてつもない視線は。

ここへ到着したときのあれきりだ。あれ以来、何の気配も兆候もない。

錯覚だったはずもないが、かかる事態にも無反応では警戒のしようもない。

異変や異常は、ある。

エルフを焼く火魔法と……エルフを斬ったあの少女。

どちらも、目撃しておいてなお信じがたい事実だ。実際、アルクセム二等はまるで信じていないどころか、私が兵を処断したと疑う始末。

やはり、一度評議会へ伺いをたてるべきか。

サチケル様の安全が確保できていない現状、せめて作戦期間の目安がほしい。

護衛として、風使い水使いそれぞれに五名ずつと銀豹十頭を借り受けているとはいえ、デーモンが相手ともなれば時間稼ぎにしかなるまい。

サチケル様はまだ屋上におられる。

白虎の御寝椅子に銀豹の御手置き、いかにもおくつろぎではあるものの。

「おお、フレリュウ」

相当にお疲れのご様子だ。

それでも御寝所へ戻られない気丈さと高潔さ。

どうしてこの尊さをお護り(まも)しようと思わないのだ。アルクセム二等。

「どうじゃった？　アルクセムは、張り切りおったか？」

「……はい。勇躍して早くも敵を追い払いました。今は追う形勢です」

「おお、そうか。それはよかった……よかったのう」

花の顔(かんばせ)をほころばせられても、ご心痛ご心労の暗影が色濃くていらっしゃる。

おいたわしや。慈心の御方であらせられるばかりに。

「戦場の風は肌を刺します。一度階下へお戻りになられてはいかがでしょうか」

「んー？」

判断せねば。あるいは越権を承知で都へお連れすることも考慮して。

そもそもこのような所はサチケル様がおわすのにふさわしくないのだ。

ヒトを愛護されるのならば、別段、ここでなくともよいのだし……。

「わりゃは、も少し、見守ろうと思うのじゃが」

「鷹の目がありますし、アルクセム二等もうまくやるでしょう」

……ヒトの子など、他にいくらも生息しているだろう。どんなに珍奇とはいえ。

「んーん。わりゃもの、わりゃのできることをしたいんじゃ」

「そうは申されましても……」

「ま、聞け。昔々のことじゃが、神様がな、ゆーとった――」

神との対話の内容をお話しくださるのか！

使徒の御方々のみがごく稀に授かるという、神の言の葉……エウロゴンド共和国の国是や国策ともなった超越の言論！

畏まって拝聴せねば！

「――どぅー、よあ、べすと」

これは……呪文とは異なる神秘の文言だ。響きが既にして力を持っているかのよう。

「わりゃへ下された御言葉じゃ。どんな意味かというと……おひゃっ⁉」

耳をつんざく破裂音。

この聞き慣れた不快さ。雷魔法。

どこからだ。あちらか。南側、恐らくは門のあたり。

吸血種の別動隊か！

16 ドラデモ的実況魂について／影魔は嘆息する、吸血の戦闘志向に

神の御心もまた、心だから。

静かなる時もあれば……激しい時もまた、ある。

◆ドラデモ生実況・その九◆

サチケルちゃんてば何してくれちゃったのかなー⁉　いもでんぷんだって怒るよ⁉

夕方の！　開拓地で！

《アセプト・チャイム》と《コール・グランベル》の重ねがけ召喚大演奏会とか！

さすがに頭悪すぎるでしょう！

そりゃ作中屈指の名曲だし、ゴージャスでピースフルで大好きだけども！　空中水族館もファンタジックシュールで癒やされるけども！

こんなの、ヴァンパイアさんが乗りこめワッショイしてくるよおっ‼

ほら！　ほらあ！

ヴァンパイア来まくり！　やる気満々だよ！　言わんこっちゃない‼

あーあ。確定イベントとはいえ、うまく時間稼げていたら《コール》系の習得間に合ったかもし

れないのに……これで開拓地に大ダメージ入ったら、サチケルちゃん有罪ですわ。

んで、西から百五十人とか不自然すぎますなー。

ヴァンパイアの軍隊って百人単位で動くんですよね。それなのに百五十人って。

しかも戦わずに後退するとかないわー。露骨に罠じゃん。

ってことは、南からかな……移動移動……あ、やっぱり。

「あれ？　何かもうバレたっぽいけど？」

ヴァンパイア軍のおなーりー。

総勢五十人。ざっくりとわかりやすい兵数融通でもって搦め手部隊を作ったわけですなあ。

「なんだ、ヒトの雌じゃん。一匹だけとか超迷子っぽい」

隊長はあれかな？　オープンフィンガーグローブのやつ。

うわ、悪趣味な。首とか腰とか、白骨の飾りをジャラジャラさせていますよ。

「景気づけにちょうどいいや。犯して食おうぜ」

ちなみにヴァンパイアの骨は茶色いし、エルフのは薄青いです。ドラデモ的謎のディティール。

設定資料集は未発売ですけど、他にも服飾文化とか家族様式とか、無闇にこだわりまくるのがドラデモクオリティなのです。

「あ、こないだみたく踊り食いにすっか。俺、犯す役な。食う役は手足だけにしとけよ。最後まで楽しみてえし、あとで肋骨使うし」

お、隊長は無駄にネームドですね。

「ヒトってのは無駄がねえよな。滅ぼすの後回しっつうけど、もちっと大っぴらに獲れるようになんねえかなあ」

さてさて、隊長ガトムントくんとやらのステータスは……ふむふむ……雷魔法を使う拳術スキル持ちと。よくいるタイプっちゃタイプですけども。

「うおっ、なんだ？　い、今、すげえ寒気が」

ポンコツです。魔法のチョイスがダメダメですわ。

近接系のくせに《放雷》って何したいの。取るなら《電身》とか《雷撃》とかでしょうに。

「……何見てんだ、雌。すかしたツラしやがって」

あとのは雑魚ばっかかー。んー。男ばっかりで花のない部隊ですなあ。

なんだかチャラい不良集団っぽく感じるのはなぜでしょう。

「ヒトだろうが。びいびい泣いて……命乞いしろや！　オラア！」

うは！　あはははは！　《放雷》！　《放雷》なんで！

このタイミングでとか！　ガトムントさん魅せプレイっすか！　ぶはははははは！

「なんで、ビビんねえんだよおおっ‼」

そしてダッシュしてくるう！

もう、もう、ガトムントさん！　どんだけおもしろいパスくれんのさーって。

首ちょんぱザシュー！

あー、笑った。笑いました。ガトムントさんマジリスペクトですわ。

これはあれですね。こっちも魅せプしないと嘘ですよね。

もう眠いとか言ってられんですわ。実況者魂ってやつを見せてやりますわ。

ええと、敵は四十九人だから……よーし！

クロイちゃんのターン！

《アセプト・ブレード》で剣を召喚！　それを地面に突き刺す！　高さと角度を調整しつつ次々と召喚！　周囲に突き刺すこと四十九本！

んで、最初に刺した一本をおもむろに抜く！　二度手間だけども！

あとは、流し目っぽく雰囲気出して、クイッと手招きなんかして。

さあ、かかってきなさ……かかってきたあ！　よっしゃ来いやあ！

ひとり斬って剣をポイ捨て！　次の剣でまた斬ってポイッ！　別の剣でポイ！　ポイ！　ポイ！

うおお！　テンション上がってきたー‼

◆影魔ターミカ・I◆

何の冗談だろうか、これは。

ひとりの人間が五十人のヴァンパイアを蹂躙（じゅうりん）する、なんて。

麻薬中毒者だって、もう少し趣味のいい荒唐無稽を夢見るに違いないよ。薬の売人である私が評するのもなんだけれど。

「ターミカ……これ、ターミカ……」

見間違いでなければ、あの数十本の武器はすべて虚空より現れたね。

今の光景ひとつだって、口にすれば処女血酔いの妄言にも劣る世迷い言（よまいごと）となる。処女である私が言うのもなんだけれど。

人間が、使徒のような魔法を使うなんて……そんなことはア痛っ!?

「ターミカ！　いつまで視ているのか！」

目の前に腐れ上官の顔。気持ちの悪い面立ち。

しまったな。意識を向こう側へと割り振りすぎていた。

どうにも昆虫を使った《陰見》は難しい。目が異なりすぎて補正に頭を使うよ。

「失礼いたしました、バトキス様。視界を共有したコウモリが風に巻かれて……」

「言い訳無用。して愚弟の様子はいかに」

「……少々、難儀なさっておいでです」

「おお、ガトムント、ガトムント。また悪ふざけとは。おだててやれば攪乱役くらいにはなると思うたに……まったく愛いことよ。あのような位置で雷など鳴らして」

陶然として溜息を漏らすな。内股になるな。そして股のものを大きくさせるな。

どこまで気色悪いのさ。つくづく、この兄にしてあの弟ありだよ。

それにしても、困った。

あちらの交尾狂は既に首無し。配下も順次地に伏せ続けている……なんて。

素直に伝えたところでろくなことにはならないだろうな。最悪の場合、八つ当たりで殺されるかもしれない。さりとて責任問題は避けたい。

ん？　やあ、ちょうどいいことに。

「きゃっ！　ああ、ダメ！」

「今度はなんだ、ターミカ」

「ああ……コウモリが、その、鷹にやられてしまいました」

「他に《通視》用の眷属は？」

「いません……も、申し訳ありません！」

「使えぬ。貴様もヴァンパイアならば、も少し精進せよ」

「は、はいっ」

これでよし。

後で何か聞かれても、エルフの罠である可能性を慎ましく指摘しておけば、いつもどおりエルフ憎しの大合唱になる。私の身は安泰だ。

そして、あの異常な人間……正体は知れないし、極めて危険な存在だけれど。

関わらないほうがいいなあ、あれは。

注視はするとしても、第一発見者になるのは御免こうむるよ。奇怪で衝撃的な真実などというものは、平穏を害する毒血でしかない。

私の損が私の益を上回る、そんなすべての事象に災いあれ。

「是非もなし。動く。目標の位置は知れている。飛び葉が出入りした、あれよ」

まあ、そうなるか。そういう作戦なのだし。

五十隊以上の百牙隊をもって境界領域を混乱化せよ、か。

血の気の多い将からすれば、好き放題に出撃せよというお許しの命令だね。

エルフを討って戦功とするもよし、人間を狩って戦果とするもよし……このあたりに来ていたのは三隊だったわけだけれど。

まさか、エルフの使徒がいようとは。

しかも、めったに前線へ出てこない『万鐘』ときた。

各隊長が色めき立つのはしかたがないことなのかもしれない。

ベアボウ隊が誘引し、ガトムント隊が攪乱し、バトキス隊が本命を叩く。

即座に作戦立案したバトキス百牙長は、まず有能な男だ。

それに、実力確かな強者でもある。あの飛行者は恐らく『鷹羽』だけれど、対決したとして勝利の可能性を見出せるほどに。

実際、開拓地に残るエルフ兵は少ない。あるいは目標を達成するかもしれない。

「皆のもの心せよ。エルフは狡猾であるゆえ、どこにどれほどの兵を伏せているとも限らん。ここは網断ちの速攻であるぞ」

いや、無理か。不可能だね。

あの異常人間とエルフが共闘しているのなら、うまくいくわけがないよ。

どれどれ、戦況は……五十人を全滅させて息も切らさず、と。いよいよ化け物じみているね。

しかも、武器が消えた？

いや、出現させられる以上は消失もということかな。やはり使徒の使う魔法に似ている。規模から察して第一段階だけれど。

黒髪を掻き上げ、己が身を抱き……ただずむ？　んん？　どのような意図がア痛っ。

「ターミカ！　集中せい！」

「は、はい！　申し訳ありません！」

「行くぞ！」

やれやれだ。いっそ置き去りにしてくれればいいのに。百人もいるのだし。

北側より粗末な柵を跳び越えて、と。

人間の開拓地か。

魔物の襲撃を受けたにしては片付いている。散らかっているのは獣の糞尿（ふんにょう）くらいというのも皮肉だね。エルフはいつでもどこでも森林気分だ。

鐘が鳴る。うん、いい警戒をしている。人間は弱いからこそ賢く慎重なんだ。

ん？　屋上の縁にエルフ女。『鷹羽』か。

「きゃあっ」

手近な家屋へ頭から退避だ。実に自然な転び方。こんなときのためにこそ、よく足を滑らせる女という評判を得ているのだよ。

隊員の悲鳴が複数上がった。やっぱり何か仕掛けてきたね。

「ひいっ！　ヴァ、ヴァンパイア！」

おや、人間がいた。目撃されてはしかたがない。

首を鷲（わし）づかみにしたけれど。

「……身重かあ」

手を放した。尻餅をつかないよう、介添えもする。

私の弟になるはずだった子は、母の転倒が原因で流産してしまったからね。つくづく人間という種族は身体が弱くていけないよ。

「聞いて。お腹の子に免じて殺さずにおく。私のことは他言無用だよ。女の開拓地暮らしは苦労も多いだろうけれど、しっかりと産み育てることだ」

銀の粒を渡す。窓の弁償費としては過分だけれど、迷惑料としては妥当だね。

戦争ってやつは、本当にもう……やれやれだ。

さ、夕闇の空の下へ。

戦闘音とはほどほどの距離をたもつように、気を付けながら。

17　騎士は決断し突撃する、吸血の暴虐たる軍勢へ

生きることは、戦うことだ。

戦って、戦って、戦って……果てるまで、ワタシは。

◆騎士アギアス・Ⅳ◆

ウィロウ家の男だ、私は。

一流の騎士たるべく戦技武芸を修めて、一流の将校たるべく軍学戦術を学んだ。練り上げてきたのだ。戦場に臨んではいかなる迷いもない。たとえ死地であれ。

だから、この胸のざわめきは、きっと武者震いの類いなのだろう。

先のクロイの戦い……物凄まじき剣舞槍踊。

群がるヴァンパイアをば、斬って突いて斬って突いて、全身を朱に染めてもなお斬って斬って斬り突き尽くした。人外の怪力も、凶悪な鈍器も、何もかも物ともせずに。

武器は、なるほど特別な魔法によるものだろう。

だが、あの剣術と槍術は？　機敏な体術は？　戦い続ける気力と体力は？

あれらすべてが神の恩寵によるものか？　与えられた力のみで戦っていたか？

否。すべては修練の集積があってこそ。

私も剣技の冴えを体感したから、わかる。神の加護とは算術でいうところの乗法なのだ。加法ではない。人事を尽くさぬ者に祝福はない。

そうだ。私は見知っていたではないか。

クロイの奇妙なる振る舞いを。日々の重労働の合間にこなされていた様々を。周囲に奇異の目で見られても、決して怠らず繰り返されていた……クロイが言うところの「準備」を。

どうして、私はそれに倣わなかった。

どうして、従来の訓練だけで納得し、この戦場にいるのだ。

鐘の音が鳴る。打ち鳴らされる。先の楽曲とはまるで異なるその音。切迫感。

物見台より叫ばれる言葉は、北。

北の方角より敵襲……いた。あれか。

屋根の上を走る者ども。人間の営みを踏みつけて、夜の生き物たちが来る。

ヴァンパイア。

怪物的な筋力と敏捷力とを備えた、人間の天敵。数は百ほど。その戦力と食欲を思えば、開拓地の全滅を免れないであろう悪夢の光景だが。

三階建てのエルフ宿舎より、鷹が飛んだ。とても大きな一羽。

音もなく羽ばたくこともなくヴァンパイアの群れへと飛翔していくあれは、生物ではあるまい。魔法だ。無数の羽で拵えられた、重さのない模型のごときものだ。

おう、弾けた。

飛び散るあれらは、ひとつひとつが羽であり、小剣の類いか。

刺されたヴァンパイアが二十骨、三十骨と転げ落ちていく。それほどの威力には見えないし、命中から転落までの時間差もある……恐らくは毒。

いかにヴァンパイアが頑健だとて、生物であるからには毒も効こう。倒れのた打ち回っている。一撃で半数近くを行動不能たらしめるとは凄まじい。これが竜侍官の実力か。

しかし、多勢に無勢だ。

エルフは使徒の直援に十葉しか残さなかった。飛行したはいいが牽制にしかなっていない。眷属獣もヴァンパイアが相手では健闘するのがせいぜいだ。防戦一方となっている。

つまりは、ここだ。

この状況こそが、我らの働きどころなのだ。

「全軍、騎乗！」

陰より出でて、馬上へ。エルフ宿舎へ直線でつながる大通りに三百二十八騎で馬列を整える。物見や伝令を負傷兵に任せるという無理を通し、ここに結集した総戦力だ。

「これよりヴァンパイアを討つ！　エルフの援護ではあるが、決して、エルフに従ってのことではない！　心せよ！　今夕、この突撃をもって！　我らは人間の戦いをはじめるのだ！」

そう、これは回天のために踏み出す第一歩だ。

クロイに任せきるのではなく、我らが自らの身命を懸けて行動する、最初の軍事作戦なのだ。

フェリポ司祭に言わせれば「エルフへ恩を売る最高の好機」であり、オデッセン司魔に言わせれば「ヴァンパイアの横っ面へ鉄拳見舞い」である。

想定しうる最高の一手で……何名倒れるとも知れない決死の一撃でもある。

「構え！」

命じて私も槍を握る。

部下は半数が槍、半数が長柄だ。各騎、それぞれの得物を煌めかせていく。暮れなずむ空の色を受けて、刃金と甲冑とが、赤く燃えている。

手が震える……神の加護を感じる。兜の面覆いを引き下げて。

「吶喊！」

吠え、馳せた。

先頭だ。生きた矢のごとくに騎馬槍の突撃だ。

標的は道に転がるヴァンパイア。毒にもだえるそれらを狙う。弱ったところを狙う。とどめを刺さんと欲して不意をつく。

疾走の勢いを槍先へ乗せて。

貫いた。

そのまま持ち上げる。手甲越しにも飛び散るものが熱い。人間のそれよりも濃い色の血。人間を飲食する強者の、命の零れもの。地へと払い捨てる。

隣を駆けていた一騎が消えた。

転倒したか。さればもう生きてはいまい。腕力による抵抗でもって馬をも転げさせる、それがヴァンパイアなのだから。

別の一騎の速度が落ちた。脚甲をつかまれたようだ。

浅黒の腕が確認できる。ヴァンパイアが、ひきずられつつも仲間に爪を立てている。敵ながら見事な戦意だが。

槍を捨て、剣を抜く。

馬を寄せて一閃、敵の肘を切断した。

剣を構え直す間もなく、そのヴァンパイアの首が飛び、転がり、馬蹄に踏み砕かれていく。誰ぞが追撃の刃を振るったようだ。それでいい。ヴァンパイアを相手に連携は欠かせない。

北門の近くにまで駆け抜けた。

点呼をとる。かかる急襲をもってしても六騎を失ったか。戦闘における素早い反応もまたヴァンパイアの特性。まさに天性の戦士。

で、あればこそ。強大な敵であるからこそ。

騎士は、それを討たねばならないのだ。

「三波の陣！」

騎馬の陣形は駆け行く形をもって成るもの。そして市街戦などもとより不向き。

かくなるうえは、いかにして突撃隊形を工夫するかに尽きる。

「一の波、行け！」

長柄を握る者らを中心にした百騎が、通りを塞ぐようにして駆けて行く。

向かう先からはヴァンパイアが来る。地を蹴り、屋根を跳び、獰猛に群がり寄せてくる。

その数、十数骨。多い。一骨で数十人分に匹敵する怪物たち。

「二の波、行け！」

槍を主体とした百騎が行く。

第一波がかき乱した戦場へ……傷つけも傷つけられもして、新たに十騎以上も倒れたその場へ、勢いよくぶつかっていく。

刺し貫き、駆け去った、そこのところへ。

「三の波、続けえ！」

行く。

馬上、右方へと身をかがめ、剣の狙いを定めて。

風。兜の鉄格子を通して、頬を削ぐような、戦の風。砂塵に混じる血臭。

ヴァンパイア、天敵め。

槍握る腕をもぎ取り、流れ出るものを口腔へ流しこむ、その暴虐の生き様に用があるぞ。

手綱を離し、両の手で握りしめて、斬った。腕に伝わる命の手応え。顔を両断した。血塗れの牙が宙を舞う。朱の空には既にして星も見える。

この殺め合う夕闇に、剣を閃かせて命ずる。

「各々！　斬り払え！」

三の波は殿軍でもある。

速度を緩めてヴァンパイアへと応じ、戦うのだ。

「ヒトめ、猪口才な！　逃がすものかよ！」

金棒を手に一骨来た。

唸りを上げる一撃を、馬の動きで回避する。すぐにもう一撃が来る。

避けられないそれへ、刺突で応ずる。

金棒が肩を打った。肩当ての滑らかさでいなしたとて、鉄板の変形する異音と、肩の骨がきしむ感触。体勢も崩れたが。

「ぬおっ!?　ゆ、指がっ」

しかし、右手の指を二本ほど頂戴したぞ。もう金棒を振れまい。

「おのれがあっ！」

跳ぶか、ヴァンパイア。

牙を剝き出しにして。獣のような声を上げて。馬上から見上げるほどの高さにまで。鱗鎧を身にまとう兵装で跳んでのけたか。

その重量は、しかし、私に利するものだぞ。

突き、喉を刺し貫いた。

「おごっ、うるるごおおおっ！」

鍔元にまで首が迫る。名も知らぬ雄の顔。聞き知らぬ呪詛の唸り。見開かれた黄色い瞳に、黒血に汚れた私の兜が映っている。

手首を返して薙ぐ。薙いで首斬り地へ落とす。

脇腹に衝撃。そのわずかな間にも拳打を放ったのか。

歯を食いしばる。こみ上げるものを堪える。鉄板の下に帆布の綿入れを着こんでいてなお、こうも威力が通る。半ば断首したというのに。

轟音。隣の一騎が爆ぜた。

打撃を受けて、甲冑の隙間からいろいろを飛び散らした。

「はっはあ！　いい香りだことお！」

ヴァンパイアの大男。振りきった金槌が、次の獲物を求めて私へ。

これは受け止めようもない暴力だ。避けるよりない。避け続けるしか。

「鎧着たって！　やわ肉ちゃんなんだから！　お前らはさあ！」

かすめるだけで命を削がれそうな、剛撃につぐ剛撃を、避けに避けながら。

仲間たちが討ち死ぬ音を聞く。

いまや速度を失った各騎が、一騎また一騎と落とされていく。次々と殺されていく。

「死んじゃえって！　ほらあ！」

悪夢だな。さばききれない暴威はまるで天災だ。

しかもそれは、人間を翻弄して楽しみ、血肉を飲み食いもするのだから。

背後からも敵。指先に凶悪な爪をそろえて。

あれは装甲を貫くな。どう受ければ致命傷を免れられるだろうか。

いくら身をひねったところで……おう、馬が棹立ちだと。なぜ。まさかお前、私を庇ったのか。

馬腹に爪。肌が破けて、桃色の中身が。

「なんだよ、俺の獲物だぞ」

「家畜相手にてこずるな、バカが」

「手向かった肉だ。苦しめようとして当然だろ？」

地へと落ちて、迫る影を目の前にすれども、我が四肢はまだ動く。

いよいよ吐いてはしまったから、兜を脱ぎ捨てて、立つ。

「あ？　なんだその目え……」

切っ先を向けて、笑みもしようか。

「ヒトならヒトらしく、怖がれってんだよお！」

「む、待て、また馬が！」

さあ、戻り来い。騎馬の波よ。地をどよめかせて。

「軍尉殿！　お手を！」

「無用！　駆け抜けよ！」

馬群に怯（ひる）んだ爪使いを斬り上げ、返す刃で斬り下げた。

我誉（われぼ）めしたくなるような剣速。明らかに私ひとりの力にあらず。神よ。

さらに踏みこむ。

仲間の一槍（そう）を受けた金槌使いの、隙だらけの首元へ諸手突（もろてづ）き。貫通。

すぐにも引き抜いて。狙いを定めて。

もだえ苦しむヴァンパイアの首を、刎（は）ねた。

18 魔術師は畏怖し拝礼する、人間を救うだろう炎の少女に

戦いの始まりに、神はその気配を濃く強くする。

だからワタシは、その逆が起こるときに、戦いは終わりなのだと知る。

◆魔術師オデッセン・Ⅳ◆

いやはや、恐れ入ったね。

アギアス・ウィロウ。並じゃねえとは思っていたが、さすがは名門の育ちってことか。

耳長との共闘とはいえ、黄目に勝っちまうたあな。

駐屯所にも活気があるってもんだ。幕舎交じりの貧相さなのによ。

「おう、お疲れ。軍尉さんよ」

「司魔殿か……民の様子は」

精悍（せいかん）な面構えだよな。

血と泥と吐瀉物（としゃぶつ）に汚れていたって、んなもん、男の価値を上げこそすれ貶（おとし）めるもんじゃねえや。

「のんきなもんさ。やっぱ長屋街の奥に隠れたのは正解だったぜ」

「そのようだ。神院は鐘楼台を壊されてしまった」

危ねえ話だぜ。黄目どもめ、逃げ際にまで余計なことしやがって。

半数にまで討ち減らされたんだから、おとなしく尻尾巻いて逃げてきゃいいものを。

それでも、ま、危ねえってだけで済んだ話か。

「所詮、物だ。囮としちゃ上等な働きだろ。司祭も生き残ったようだしよ」

死んだやつが少なけりゃ少ないほど、勝ちは大きい。

名門騎士が率いた騎馬隊は、討ち死にが三十九名か。重傷者もいる。明日あたりにゃもう十名ほど死んじまいそうだが、それでも上等な部類だろうよ。

黄目は、多かった。耳長も対応を誤った。

民に死傷者を出さずに済んだのは、駐屯軍の奮闘と……。

「ん？　クロイのやつはどうしたんだ？」

「討ち漏らしを追ったようだ」

「……大丈夫なのか？　指揮官っぽいのを逃がしたんだろ？」

「駿馬の分隊を向かわせた。戻らねば私が行く」

「本来、追撃なんてのはエルフの役割なんじゃねえか？」

「夜だ。使徒もいる」

それでも、追えるはずなんだがな。空飛ぶ耳長はよ。

特に、竜侍官だ。あいつはやべえ。

遠かったから詳細はわからねえが、とんでもねえ魔法を使いやがった。

無数の羽を自在に操るなんてのは……クロイの魔法を髣髴とさせるじゃねえか。

竜侍官ってのは、ようは准使徒だか従僕だかのはずだ。使徒に比べりゃ数段劣るって話だろ。それであれなのかよ。

まあ、あの超常の大演奏からすりゃ、まだしも控えめなのかもしんねえが。

「こちらでしたか。ご両名そろって」

腹黒司祭のお出ましか。

聖槍を携えて大盾を肩懸けにする、神官戦士の伝統的戦装束なわけだが……似合ってねえなあ。

まるで物々しい餅みてえだぜ。

「エルフの主力部隊、戻ってくるそうですよ。どうも伏撃を受けたようですね。随分な量の寝藁を要求されました」

「ん？　そりゃあ、どういうこった？」

「銀豹が多く傷ついたということだ。恐らくは黒狼だろう」

「うわ、あれか。黒くて速くて、魔法があんま効かねえってやつ」

「まさに。エルフが最も嫌う眷属獣ですよ。つまり、ヴァンパイアはかなり本格的な編成であったということです。規模も規模でしたし」

「練度も高い。攻め方、退き方、どちらも相当だった」

「……頭の痛え話じゃねえか」

冗談なしで頭痛がするぜ。

魔物の大襲撃からこっち、良いことも悪いことも程度がでかすぎんだろ。

どういう土地だよ、ここは。呪われてんのか祝されてんのか。

「夜襲について、エルフはどう判断したのだ？」

「明言はしていません。しかし、それを警戒したればこそ、竜侍官は追撃に出ないのでしょうね。主力部隊を戻してからの判断こそ注視しなければ」

「共倒れにでもなりゃいいんだ。耳長め。さっさと森に帰りやがれ」

「……いや、むしろ兵力の増強が望ましい」

「はあ？」

「ええ、そのとおりですね。二等師なぞと言わず一等師でも来ればよろしい」

何言ってんだ、こいつら。

二等師ですらあんだけ鼻持ちならねえんだぞ。それ以上の階級ともなりゃ、どんなのが出てきやがるかわかったもんじゃねえっての。

「おや、おわかりになりませんか？　もはやエルフが退去したとて、開拓地の平穏は戻らないと言っています」

「……条約だかなんだかがあるんじゃねえのか？」

「既に戦端は開かれた。我らはエルフと共にヴァンパイアへ当たるよりない」

「なんでだよ。これまでみたく、化け物同士で戦争させとけよ。俺たちゃおいしいところだけ掻(か)っ攫(さら)えばいいじゃねえか」

「無理でしょうね。ああ、誤解のないようにしておきたいのですが、我々が武器を取ったからではありませんよ？　状況が変化したのです。人間を取り巻く状況が」

状況の変化だあ？

そりゃまあ、確かに、このところは激動の毎日だがよ。

聞いたこともねえような魔物の大襲撃があって、とんでもねえ数の耳長が来て。

その中にゃありえねえことに使徒がいて、筆舌に尽くしがてえ演奏を聴かされて。

そこへやべえ勢いですげえ数の黄目が来て……って、んん？

考えてみりゃ、どれひとつ取ったって普通は起こらねえことなんじゃねえか？

そんなことが起きねえように、条約だのなんだのが決められてたんじゃねえのか？

「……おい、まさか」

「エルフもヴァンパイアも、共に戦略が変化しているのです。かなり積極的な軍事行動をとっていますす。そしてそれに人間領域を巻きこむことを嫌っていません……少なくとも絶対の禁忌とはしていないようですね。片方だけならばまだしも、東西両方ともですから、ある程度は許されたのだと考えるべきでしょう」

「許されたって、そりゃあ……」

「神にですよ。エルフ、ヴァンパイア、それぞれの奉ずるところの」

くそ、背中が妙に寒いぜ。言葉も出ねえ。俺は歯を食いしばってんのか。

「……だからこそ、彼女は現れたのかもしれない」

そうなんだろうな。そうなんだろうよ。

クロイ。

あいつのもとへ神の恩寵が下ったのは、偶然じゃねえんだろうさ。あいつがいなけりゃ、俺たちは魔物に皆殺しにされてたしな。

耳長相手だってそうさ。少なくとも俺は殺されてたろうよ。黄目にしたって、あいつひとりで南からの五十骨をぶっ倒してくれたから助かったんだ。そうでなけりゃ、長屋街が襲われてひでぇことになってたろうぜ。

「噂をすればですね。お戻りですよ」

ああチクショウ……拝みたくなる。

軍馬に騎乗して、騎兵と歩兵と民を引き連れて。

篝火を持つでもなしに、誰よりもまばゆいんだからな。見ているだけで熱い。炎の有り様だ。

まあ、使徒なんだろうよ。人間の神の使徒なんだろうよ。クロイは。

だが、それ以上に、救世主ってやつなんじゃねぇのか？

人間を蹴散らしちまうに違いねえ、耳長と黄目の大戦争……世界まで終わっちまいそうなその大嵐をよ、なんとかしなきゃなんねえってんで、ここへよこされたような気がすんだよ。

長え黒髪の小娘。クロイ。凜とした顔をして。

「クロイ様、少々よろしいでしょうか」

おうおう、腹黒司祭。槍伏せ盾伏せて轡の下へ膝をつくのかよ。

その丁重さは、それこそまるで、神にかしずくかのごとしだな。

「エルフの使徒たる竜帥サチケルが、クロイ様とのご会談を希望しております」

おい、それは。

「戦闘状況下です。すぐにもという話ではございません。されどクロイ様のご返答だけは、先方へ伝えておきたく存じます。いかがいたしましょうか」

馬上のクロイは、静かに呼吸をひとつふたつとして……うなずいた。うなずいたか。

「承知しました。ではそのように」

クロイはそのまま厩舎へ行くのか。馬の世話なんざ誰かにやらせりゃいいのに。手綱を引きたがるやつもいるだろうにな。

しかしまあ、生真面目さが出るってのはいいことか。

シラもひっついてることだし、ようはあれか、もう今夜は大丈夫って判断か？

「多くの者が、おのずからクロイ様へと祈りを捧げるようになってきましたね」

「うむ。そろそろ明確な位置づけが必要だろう」

「クロイを使徒にってことか？」

「それにつきましては、大神院からの認定という形をとったほうがいろいろと運びがいいでしょうね。今しばらくのお待ちを」

「軍として、何がしかの肩書を用意すべきということだな」

「ひとまずはそれでよいかと」

「軍秩序の観点からすると、雑号の下士官職になるが」

めんどくさ。魔術師組合でもどこでも同じだな。

とかく伝統やら慣習やらってやつは偏屈だぜ。既存の序列を乱したがらねえし、そのためになら新しさを罪にまでしやがるんだ。

「救世主でいいじゃんか、いっそ」

「ほう！　それはまたズバリとした表現ですね！　ですがダメです。それはまだとっておきにしておきましょう」

「では、その方向で考えて……人護守(じんごしゅ)ではどうか」

「だせえ」

「微妙ですね」

「えっ」

「火ってのを入れてえな。実際、あいつの力の根源には炎がある」

「ではウィロウ卿(きょう)の発案を変化させて、火兎守(ひとのかみ)ではいかがでしょう。ウサギはかつて人間の神の眷属であったと言い伝えられていますし」

「お、いいじゃねえか。それで決まりだな……おう、どうした軍尉さん」

「……傷が痛むのでしょう。少しお休みになることです」

ひとのかみ……火兎守クロイか。

腹黒司祭め、やるじゃねえか。言葉遊びみてえに「人の神」を混ぜこみやがって。

常識がどっかに行っちまうような今日このごろだが、ま、いいさ。

熱く生き、熱く死んでやる。

そう決めてっからな。

19 ドラデモ的撮影環境について／末弟は再会する、坩堝(るつぼ)の地で

神に見放されたなら、ワタシは死ぬ。
神を信じ続けることで、ワタシは生きる。

◆ドラデモ実況動画・その一◆

飯と風呂と布団。そしてゲーム。それだけあればとは思っていたものの。

はい、いもでんぷんです、けど、も。

リアルのほうがいろいろとありまして……って、録画しながらぼやくとか……でもなあ……うーん……ぼやこう。後で証拠になるかもだし。投稿できるかも不明だし。

ええとですね、この前、連休が終わったんですよ。

それで、中断セーブができないまんまだったんで、観戦モードで放置して会社行ったんですわ。

そしたらすぐに上司が飛んできまして……初めて社長室なんて入りまして。

無期限の有給休暇、もらいました。

さらには、英気を養えって、お札入りの分厚い封筒渡されました。

嘘(うそ)みたいでしょ。ゲームでもこんなボーナスイベント見たことないんですけど。

社長、何やら小難しいことをのたまわっていましたねぇ……下っ端には関係ない経営的なあれやこれやを、延々と長々と上機嫌で超笑顔で。

意味わかんないもん。

途中から社長の顔を脳内で修正していましたもん。キャラメイク的に。全体を小さくしてー、骨格をシュッとしてーって。髪型は冒険してウルフカットでーって。

とりあえず守秘義務は理解しました。超言い含められたんで。

録画すれども、許可あるまで投稿しちゃダメだそうです。なんでやねん。生実況させてーな。

あと、信じらんないことも言っていましたね。

君！　会社のためにも、しっかりとゲームをしてくれたまえ！

……ですってよ皆様。心底わけわかんないです。

だって、うちの会社、ぶっちゃけると都市インフラ関係の下請けなんでゲームとは全っ然関係ないんですけど。あはー。うけるー。

はぁ……こんだけぼやいても、まーだ現実感がないなあ。

いやまあ、ぼーっとしながらもドラデモやり続けているわけですが。

そういえば、中途半端にですけどシステムトラブルが解消しました……というか、ちょっぴり調子の戻るときがあるとわかりました。

たまに高速進行モードが使えるっぽいんです。

助かります。さもなきゃ、この無期限有給休暇中ずーっと復興を観察して過ごす羽目ですもの。

で、今現在、まさにその高速進行モード中。

開拓地を俯瞰して、お空を太陽がグルングルン動いていくわけですが……見てくださいよってか見せられたらいいな、この微っ妙な増速と減速を。不安定すぎ。

それに引き換え、開拓地のほうは安定の優等生っぷりですなー。いや凄い。

行政区はまだテント併用でいかにも仮設のお役所って感じですけど、居住区はゲーム開始時点まで回復しましたね。軍民上げての精力的な復興作業といったところでしょうか。

畑作や牧畜もまずまず。ちょろちょろ動く人影から察して、子どもたちもがんばっているなあ。

防衛力に至っては、すんごく向上しました。桁違いに。

それもそのはず、なんでかエルフが協力しています。

ほら、見てください。水堀ありますよ水堀。

小規模のやつではありますが、エルフ製ですからね。言ってしまえば水魔法による結界ですよ。

魔物はおろか、ヴァンパイアだって魔法なしじゃ越えられません。

人間の開拓地をエルフが防衛するなんてねえ……やっぱりサチケルちゃんは大天使だったってことなんかなあ……スレ立てて報告したいなあ……マイルール的に禁則事項だけどもー。

ん？　太陽の動きが……あー、ダメっぽい。観戦モードへ移行ー。

そしてもって、我らのクロイちゃんはというと……よしよし、能力値上げに余念なし。

訓練回数が規定値超えると自動訓練が可能なんです。いいアベレージで。

ただ、ですねえ……なんなんでしょう。ご覧の有り様は。

ジグザグ持久走をしつつの砂袋持ちサイドレイズ、どうして兵隊も一緒にやってんです？

キモい。渡り鳥もビックリの大編隊になっているじゃないですか。

しかも、先頭クロイちゃんだから、凄い数の変態が少女を追いかけているみたいじゃん。

しかもしかも、変態編隊のリーダー、イケメン騎士じゃん……うわあ……ドン引きですわー。

シラちゃんはいない。よかった。不幸中の幸い。

あ、でも、どこかで見ているのかも……げえ！　反復横跳びしているう！

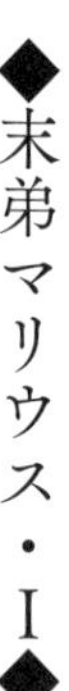

◆末弟マリウス・I◆

丘の上へ伏せて、呼び起こされる詩想に耳を澄まそう。

北に厳美あり、か。

風に鉄錆(てつさび)のとがりがある。茫漠(ぼうばく)の荒野を見下ろして、空の青は超然なまでに澄明だ。

ここでは自然が人を突き放していて、遠く冷たく……。

「おい、マリウス。見てみろよ」

不機嫌な声。もう。オリジス兄上ときたらずっとこの調子なんだから。

「どこの輜重隊(しちょうたい)かと思いきや、ありゃ商人の車列だぜ」

「本当だ。四頭立ての馬車とは豪勢だね」

道とも言えない道を行く一行は、勤勉で執拗(しつよう)なアリの群れ。

ただし女王アリが交ざっていたんだね。なるほど。それで獰猛(どうもう)な兵隊アリを伴っているのか。

「あれ？　あの団旗って」

「ああ、傭兵団(ようへいだん)『赤獅子(あかじし)』の旗だな。ヴァンパイアに味方して人間を襲ったっていう、いわく付きの連中さ」

「わあ……豪胆な商人さんだ」

「物好きやバカの類いだろ。どこのお大尽だか知らんが、払いだけは良さそうだ」

そうだね。傭兵は金銭がすべてだもの。

世評を気にせずそんな傭兵を雇い入れて、世間を騒がしている地へと馬車を差し向ける……もしかしたら、商人さん本人が乗っているのかも。

だって、酔狂においては無粋だものね。

「ねえ、兄上。あの人たちと同道してみない？」

「はあ？　なんでだよ、めんどくさい」

「おもしろそうじゃない。兵隊も、雇い主も、つつけばいろいろと囀ってくれると思う」

「うーん……そうかあ？」

都会嫌いのオリジス兄上だから、ああいう手合いは理解したくないんだろうね。

でも、ダメ。

あれは劇物だ。人間が惨めに死んでいくご時世に酔狂をやるんだから。

素通りさせてしまっては、おもしろくないばかりじゃなく、行く先で騒動の火種にもなりかねない。

暴力と財力の結びつきを確かめなきゃいけない。

「おま、マリウス、そのじーっと見てくんのやめろ。わかったって」

「ありがとう、兄上」

「……お前、最近ますます母者に顔似てきてて、怖いんだよ……」

「あ、言っちゃおっかな」

「待て！　わかったっつってんだろ！」

ブツブツ言いながらもうなずいてくれた。よかった。

「んじゃ、合流するか」

「うん。友好的にね」

「お行儀よくやるっての」

二人して立ち上がり、振り返る。

丘の陰には騎馬の隊列。練りに練った武を剽悍(ひょうかん)さとして身にまとう、精鋭軽騎兵一千騎。

掲げる旗は黒地に赤く火刑十字。我が家門に伝わる猛(たけ)き意匠。

ウィロウ家、火撃の軍勢、これに在り。

北の地は、ぼくたちによく似合う。

「兄者に伝令出しとくかなあ……到着遅れるかもって」

「マリウスのわがままでって言付けてもいいよ？」

「やんねえよ。そんな内容を諳(そら)んじて駆けるやつの気持ち考えろよ……」

騎乗し、丘の上に馬列を並べた。

槍(やり)を伏せても動揺はさせちゃうよね。旗を振ってもダメ。オリジス兄上の不機嫌さが、そのまま兵気を剣呑(けんのん)なものにしている。

「ぼくが挨拶していい？」

「任せる」

まったく、オリジス兄上ってば。

五百騎を丘の半ばに待機させるだなんて、そんなの、いつでも蹴散らせるぞっていう脅しじゃないか。友好的な逆落としなんてないよ。

まあ、ピリピリしちゃう気持ちもわかるけどね。

一刻も早くアギアス兄上に会って、いろんな思いをぶつけたいんでしょ？　殴り合いになるかもしれないし、なんならぼくだって手がでるかもだけれど。

でも……まずは役に立たなくちゃ。軍人の節を尽くして、冷静にならなきゃ。

そして、見極めるんだ。

アギアス兄上ほどの人物に、自らの身命を捧（ささ）ぐと誓われた少女を。

深い絶望に沈んでいた心に、まばゆいばかりの火炎を燃え上がらせた少女を。

ぼくたち二人にも希望を抱かせた、その少女を。

クロイ様とやら。

いったい、どんな御人なんだろうか。

正直なところ、目の前の徒歩兵百数十卒なんて眼中にないんだよね。ずっと気もそぞろさ。まるで逢引（あいびき）に遅れそうな乙女のように。

「皆々様にご挨拶を。マリウス・ウィロウと申します」

さあ、ぼくは爽やかに微笑（ほほえ）みかけるよ。

だから剣の柄（つか）から手を離すといい、赤獅子団（あかじしだん）の戦士諸君。雇い主の手前もあるのだろうけれど。

「御一行の主殿へご提案に参りました。北の開拓地まで、ご一緒しませんか？」

お話ししようじゃないか。道すがら、舌を遊ばせて。

それで、もしもアギアス兄上の迷惑になるってわかろうものならば……さ。

そのときは速やかに殲滅(せんめつ)してあげるよ。

20 神官は喧伝し沈黙する、人間の神の加護と祝福に

太陽の昇る様は神の威光に似ている。
ワタシは夜明けの光を浴びただけ。独り占めなんて、思いもよらない。

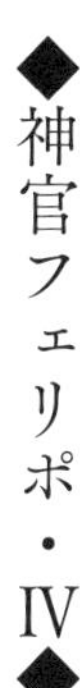

◆神官フェリポ・Ⅳ◆

朝の祈禱も済み、上がりはじめた炊煙に昼餉の内容を期待するこの時分。

神院祭務室は僕のひとり舞台です。つまりはやりたい放題ということ。

「……というわけでして、見事我々は、恐ろしいヴァンパイアの襲撃をも跳ね除けたわけです！　ああ、このもどかしさ！　拙僧の舌では、あの神々しき戦いをお伝えしきれません！　戦史というよりもむしろ聖典の光景でありましたのに！」

祈りの姿勢で目を固く閉じ、感極まったかのごとくにしばし震えましょうか。

うふふ。薄目で確かめるまでもなく、唸り声と筆記音とで効果の程が知れますよ。

ここで転調、秘密を告げるように身を寄せまして。

「さしものエルフも畏怖を覚えたとみえまして、我々へ秘薬と香木とをよこしますこと、これこのとおり。凄いでしょう？　軍機ですので詳細は明かせませんが、エルフの殿下……おっと失礼、エルフのさる姫君が逗留しておりましてね？」

エルフの姫。恐ろしくも珍しい言葉で大衆の心をつかみましょうか。

事実を喧伝できなくともまるで問題はありません。むしろ、まことしやかな噂のほうがよろしい。願望の風に乗って尾ひれが付きやすく、望ましい。

「神学的見解ですか？　それはお答えしかねます。当地の神院を預かる者としましては、拙速ながらもかかる次第をば大神院へと報告いたしました。いずれ大司教猊下より公式に発表がございましょう……きっと夢のように輝かしい発表が」

そういうことなので、対応のほう、せいぜいよろしくお願いしますね。

ふむ。新聞紙面の割合を慮るに、そろそろ締め時でしょうね。

最後は強調すべきところを畳み掛けて終わりましょうか。

「とりとめもなく感動を口にして参りましたが……つらつらおもんみるに、人間の勇気こそが称賛されるべきなのかもしれません。すなわち……」

立ち上がり、元気よく高らかに誇らかに。

「民を背に神秘の炎を灯したオデッセン開拓司魔、その勇敢たるや！　鉄騎を率いて強敵へ挑んだアギアス・ウィロウ開拓軍尉代行、その驍勇たるや！　不肖このフェリポ開拓司祭もまた、鐘楼の崩れ落ちる神院にて勇ましの槍構え！」

ま、僕は特に何もしていませんが、鐘楼台の再建費用がほしいのですよ。

それにしても、この記者、どうして絵描きを伴わなかったのですかねえ。

文言を飾ってもらうよりしかたなく、弁舌が止められませんよ。まったく。

「そして、誰よりもなによりも素晴らしきは……火兎守、クロイ様です」

そっと静かなささやき声で。

大声の後に続くそれは、秘めやかに甘やかに、心の奥底へと届きますからね。

「魔物の津波、エルフの魔法、ヴァンパイアの怪力……我々に破滅をもたらすもろもろの災厄を彼女は祓(はら)いました。そう、それはまるで、神の奇跡のようにして」

音を立てて唾を飲みこみましたね？　それでよろしい。

あとは神妙さが筆を健気(けなげ)に走らせることでしょう。ああ、お帰りはあちらへどうぞ。

さて、次の案件は……おや？

戸口にいるのはオデッセン殿ではないですか。

酸っぱいものでも食べたような表情ですね。勇敢なる魔術師殿として宣伝したというのに。

「どうしたのです？　そのようなところで立ち尽くして」

「ひ、必要なことなんだろうけどよ……よくもまあバカみたく舌が回るもんだぜ」

「神官の説法とは魔法ですから」

「うお、そうだったのか！　道理で」

「嘘(うそ)ですよ。さあ、開拓司魔としての報告をどうぞ」

今度は苦虫を噛(か)み潰(つぶ)したかのような顔。オデッセン殿は表情が豊かですね。

「……まず魔物の解体と製薬調剤についてだが、えらく順調だ。民が熱心っつうのもあるが、やっぱ本職が来たからな」

「魔術師組合の職人ですか。排他的という印象がありますが」

「あいつらはな。だが解体についちゃ冒険者たちがあけっぴろげだ。調剤のほうは、俺にちょいとした伝手(って)があってな……薬師の連中を引きこんだんだよ」

「なるほど。触媒魔法の正体見たりですねえ」

「まあな。治すも壊すも、消費行為ってことじゃ変わりゃしねえ」

肩をすくめるオデッセン殿の、その腰には見慣れない短杖(たんじょう)が差さっていますね。

服を汚しているところから察するに、それが完成品というとこでしょうか。

「ん？　ああ、こいつが炭杖の完成品だ。ユシノ木の枝を加工したもんでな。みっちりと密度があるから、これ一本で五、六発は魔法が撃てるぜ」

「それは素晴らしい。量産もできるのですね？」

「炭窯を独占できんなら、そりゃもう山盛りで作れるぞ」

「専用のものを作りましょう。もとより新たな窯が必要な状況ですし」

「人、増えたからなあ……危ねえ土地だってのによ」

口調とは裏腹に笑顔ですね。うふふ。わかります。

この短期間でこうも民が流入してくるとは、僕としても嬉(うれ)しい誤算でした。

どれほどの困難が待ち受けるともしれない場所へ、それでもなお集結せんとする強い意志……希望とはどこまで貫く甘美なのでしょうか。

人々は、己が目で確かめるという、ただそれだけのためにすら命を懸けるのですから。

「そんで、だ。火役要員の確保と訓練についてなんだが……」

はて。なんとも形容のしがたい顔をしますね。厠(かわや)を我慢しているわけでもないでしょうに。

「どんな結果であれ構いませんよ？　砦(とりで)からやってくる予定の援兵には、従軍魔術師と火役要員も含まれています。急場においては冒険者へ依頼することもできます。当面は適性検査を続けていただければ……」

「百人だったっけか？　ほしい数って」

「はい。それだけの人数を確保できたならば、部隊としての運用も可能ですから。しかし軍の主力はあくまでも騎兵です。魔法部隊とは夢や理想の話であって」

「三百十六人」

「……はい？」

「だから、三百十六人だ。今んとこ、検査した民の内の半数以上に適性があった。普通、百人にひとりいりゃいいとこなんだけどな」

「それは、また……ええと……」

「まあ、実際に魔法を使うとなりゃ、差は出てくる。魔力量の大小やら繰り方の器用不器用やらいろいろとあるからな。だが誰も彼もが指先に火を灯せたんだ。訓練次第で伸びるだろうよ」

僕は今、どんな顔をしているのでしょうねえ。

とりあえず口だけは閉じておきましょうか。手で顎を押し上げまして。

「ちなみにだが、軍のやつらは全員適性ありだった……十割の確率ってこった」

言葉が出ませんよ。ああ、頭も働きません。

誰か来ました。先ほどの記者ですか。

聞き忘れたことでもあったのかもしれませんが、神妙な態度で回れ右しましたね。

さもあれ、中ではいい歳をした男が二人、互いに言葉と表情の選択を押し付け合って、見つめ合っているのですから。

咳払いをひとつ、なんとか僕から動きますとも。僕の舞台ですし。

「……ウィロウ卿も呼び、急ぎ相談しましょう」

いやはや、声がかすれるなどいつぶりのことでしょうかね。

「事と次第によっては、戦争のやり方自体が変わるかもしれません」

神よ。神よ。その威、畏るべし。

そういえば、ウィロウ卿が言っていました。加護を授かったために剣技が冴えわたると。馬の駆ける速度すらも増したと。

思えば僕も息が切れなくなりましたね。高揚が疲労を凌駕しているものと考えていましたが。

「魔術師組合の連中とも話をつけてくれ。俺の例があらあな」

「なるほど、確かに。抱きこむ好機でもありますね」

「ああ。もう時間をかける必要なんざ、ねえ」

そう、この運命の地においては時の流れがひどく性急です。

戦いが連続し、民が集まり、様々な思惑が高速に飛び交って大きなうねりとなっています。

時代を揺るがす震源ですよ、ここは。

ですから、ほら、会わんと欲した人間がむしろ来ます。むべなるかな。

「二人ともいたか。ちょうどいい」

ほう、珍しいですね。苛立ちが表情に出ていますよ。

普段が冷静沈着であるだけに、どこか若々しくも感じられますが。

「急な話で悪いが、二百騎で調練に出る。三日で戻る。その間のことを任せたい」

有無を言わさぬ口調。これは。

「ちょ、おい、軍尉さんよ！　なんだってそんなに……」

「叩(たた)きのめさなければならん。そうしなければ納まらん。互いに」

「ええと……誰をです？」

「弟たちをだ。先ほど着いた」

「きょ、兄弟喧嘩(げんか)で二百騎も使うってのかよ」

「向こうは一千騎だ。棒で突くから死人は出ない」

怪我人(けがにん)は出すということですよね、その言い方は。

そしてなんという早足。小走りにならなければついてもいけませんよ。

おや、神院の前に一騎いますね。見慣れない若者ですが。

「おう、出てきたか。そこは腐っても兄者だ。死ぬなら馬上でありたいもんな」

「黙れ」

「いいや黙らん。踊りながら集団で女を追いまわすような輩(やから)は、変態だ。そんなやつの言うことなど聞く耳持たん」

「……もはや騎馬で語るのみだ」

「そうだ。ぜひそうしろ。ウィロウ家の名の下に変態集団を懲らしめてやる」

なるほど。はい。わかりました。察しましたとも。

猛然と駆け去る馬群を土煙の先へ見送りまして、僕は別の案件に取り掛かることにしましょう。

もう、どういうことはないですよ。これくらいの想定外は。

「軍の訓練にクロイの奇行を取り入れるのって、やっぱ、やめたほうがいいんじゃねえかなあ……ピョコピョコとかシュバシュバとか、凄え気持ち悪いしさあ？」

無理です。ウィロウ卿、一度こうと決めたら頑固なので。

いいことを思いつきました。

僕は何も見ませんでしたし、聞きもしませんでした。そういうことなのでした。

ですから仕事に戻るのです。ええい、止めないでください。

21 ドラデモ的人材について／童女は食事する、親子の温かさを

戦うためには準備が必要だから、食べるし、飲むし、眠りもする。
大きく戦うためには、長く戦い続けるためには、準備にも時間をかける。

◆ドラデモ実況動画・その二◆

やらなきゃならないことがあるときほど、全力全開で、いらんことしたい。

はい、いもでんぷんです。渾身の風呂掃除をしました。

いろいろと綺麗さっぱりしてモニター前へ戻ったところ、なんでか開拓地郊外で熱い騎馬戦が。

え、これ、どういうことなの……？

ちょっとよそ様のプレイでも見たことないレベルの激戦なんですけど……？

あ、イケメン騎士が勝ったっぽい。謎イベントすぎ。

それはともかくとして、開拓地、めっちゃ人口増えましたねえ。もう魔物大襲撃以前の状態を超えたかもです。しかもまだまだ増加傾向ですもの。

砦から食料その他もろもろの物資が送られてきたってのもでかいですね。

砦からの支援イベント自体は、開拓地でプレイしていると割と起こりますが……こうも物資が大

量というのは初めてかも。嬉しさ半分で戸惑い半分です。こういう気持ちはすごくデジャヴ。

あと、エルフもなんかお行儀良くなりましたね。

どうせまた子ども狙ってくるんだろうと思って、クロイちゃんパトロールを強化していたんですけど……特に何も起こらず。

開拓地平穏の愛しさとイベント空振りの切なさと、ずっとついてくるシラちゃんの心強さと。

強いて言うなら、四六時中、空から鷹だの鷹羽だのが監視していましたけどね。

ま、いいか。ノーアクシデントでノープロブレム。民満足度、大事大事。

んで、そうなるとワクワクなのが総信仰値の上昇ですよ。

鬼神パワーの現状はというと……微妙！

クロイちゃん、未だ《コール》系に届かず！　もっとがんばらないと！

やっぱり宗教がうまく機能していませんねえ。

クロイちゃん周りは上昇率高いんですけど、他がどうにも不器用というか不信心というか、祈りはすれども鬼神パワーにダイレクトインしてこない感じ。神院仕事しろ。

とはいえ、チビデブ神官は責められません。

この弁舌スキル持ち、めっちゃ政務していますからね。能力値頼みで担当兼務しすぎています。

エルフとの外交もこいつの仕事ですし。

統治者枠のイケメン騎士が脳筋だからなあ……内政、そろそろ人材不足かも。

人材、かあ……。

必要とされる人間って、忙しそうですよね。

ブラックな労働環境なんて礼賛しませんけど、組織にとっては掛け替えのない人間とそうでない人間とがいるわけでもありまして。

家でゲームしてろって言われるのは……あはは……どうなんでしょうね。

引き継ぎとか全然やってないんだけどなあ。電話もかかってこないとか。

んー………お腹減ったな！

そういえばドラデモにおける食事って、すんごく素っ気ないんですよね。

たとえば、人間ならパン、スープ、焼き肉、以上終わり。雑う。他がめっちゃ細部まで作りこんであるから手抜き感半端ないです。攻略サイトでも「とりあえずパン食え」で終わりだし。

こんなんなら満腹度とかのシステムなくていいのに……って、あれ？

え、ちょっと待って。広場の端のところ。

観戦モードの俯瞰でもそれとわかる、その、麺類をすする食事風景……画面ズームアップ！

うお、やっぱりだ！

クロイちゃん、それ、うどん？　うどん食べてんの？

え、しかもお餅入り？　それともこれは解像度の限界？　太すぎ麺ってこと？

いやまあ、どっちにしたって驚きですわ……ＤＸ版すごい。食文化の強化とか予想外すぎ。

そういう人間味というか、平和な日常的な要素については、全然期待していませんでしたから。

そっかあ……そういうことかあ。

ドラデモ制作チームにも、人の心があったんだなあ！

◆童女シラ・Ⅳ◆

「なあるほどねえ……まるで使徒と従僕じゃないか。あんたたち」

煙管（キセル）のおばさんは、どうでもよさそうな顔で、フウって煙を吐いた。

シラは知ってるよ。その煙は毒。

そうとわかってても、吸うんだね。お父さんみたいに。

毒でやるせなさをごまかすんだって、お父さんは言ってたな。

「人間の神様ってのは、つまり、若い綺麗（きれい）どころがお好きなわけかなあ？　おかしいねえ。聖典のお話じゃ、働いて働いて、老いさらばえた頃合いになると歓迎されるっていうじゃないか」

シラにばかり食べさせて、自分は食べないとこも似てる。

この食べ物は初めて食べるけど、おいしい。お腹もポカポカするし、一緒に食べたらいいのに。

また煙。お酒とは違って、楽しい気分にはならないんでしょ？

「これ、おいしいよ？」

「そうかい。たんとお食べな。山ほど持ってきたんだからねえ」

お父さんは、シラがおいしいって言うと、自分が食べるよりよっぽど嬉（うれ）しいんだって言ってた。

だからどんどん食べろって。

「そっちのあんたが……って、あんたそれ何杯目だい」

クロイ様が今食べてるのは、五杯目。

食べられないときはずっと食べないし、食べられるときにはたくさん食べる人だから。

「底無しだねえ。それが、ヴァンパイア五十骨崩しの力の秘密かい？」

「ん」

「もう一杯よこせと。はいはい。その細い身体のどこに入るのやら」

煙管のおばさんが合図すると、向こうの屋台の人がすぐに次のひと椀を持ってきてくれる。

不思議な感じ。お金も券も払わなくていいのって。

「これの売り上げなんざ、どうだっていいんだけどねえ……景気づけにはいいか。お前、看板に『五十骨崩し』って書いときな。今からそいつの品名だよ」

あの屋台も、あっちのお店も、もっとあっちのお店だって、煙管のおばさんの合図で動く。そういう仕事なんだよね。

ええと、なんだったっけ……そうだ、紅華屋さんだ。

お馬さんを四頭も使う、見たこともない馬車でここへ来たのも、仕事だからって言ってたね。

それで、いつもシラたちにおいしいものを食べさせてくれるんだ。

ありがとうって言っても、仕事だからってそっぽ向いて。

シラたちも、他の子たちも、煙管のおばさんと一緒に食べたいんだけどな。

「……神様ねえ……」

あ。その、泣きたくなるような、言い方。

クロイ様と出会う前の、シラみたいだ。

「人間の神様なんてもんは、せいぜいが酒や煙草の王様みたいなもの。臆病者のための自分騙しだと思っていたんだけどねえ。狂信者なんてのも、麻薬中毒者みたいなものだって。それでも、聖印だけは、手放せないでいてさあ……」

そっか。そうなんだ。

おばさんには、もう、いないんだ。

いなくなっちゃったんだね？　お父さんにとってのシラみたいな子が。

それで、お父さんが帰ってこないときのシラみたいに、おばさんも涙を流さないで泣くんだね。辛い、悲しい、寂しいって。

「こんな宗教、奴隷種族にゃお似合いだと納得もしていたもんさね。だから、大して期待もしちゃいなかったんだが……」

煙管のおばさんはシラのそばに来て、思いが溢れてきちゃいそうな顔で。

じっと見てる。

シラの抱えてる剣と……シラのじゃない手を。

シラの代わりに熱いお椀を持ってくれてる、お父さんの手を。

「……あんたの、父親かい？」

「わかるの？」

「わかるさ。我が子の食事を世話するときの、親の手ってものは、幸せで幸せでとろけちまいそうだからねえ」

そうなのかな。よく聞く、親になればわかることなのかな。

今よりも、ほっぺたをぷにぷにしてるときのほうが、お父さん幸せそうな気もするけど。

「クロイさんよ。あんたを拝めば、神様へ祈りが届くのかい？」

「ううん」

「違うのかい？　じゃあ、いったい、どうすれば……えっ」

クロイ様は、何もないところへ両手を伸ばして、大きく丸を描くようにした。

「神は、今、このあたりにいる」

うん、そうだね。シラにもわかるよ。

クロイ様の背に降りてるときよりは気配が薄いけど、それでも感じる。

神様、そこにいるよね。

煙管のおばさんは、ビックリしたみたいだけど、でもすぐに顔をクシャクシャにして、一生懸命にお祈りをはじめた。震えてる。目からポタポタ涙が落ちてく。

よく聞き取れないけど、つぶやいてるそれが、いなくなっちゃった子の名前かな。

シラも、お祈りしよっと。お父さんも両手使えばできるでしょ。やろうよ。

あれ、でも、神様……少し元気ない？

シラにはわかるよ。

だって、煙管のおばちゃんにも、お父さんにも似てる。

お腹がすいてるはずなのに、食べないで、やさしくシラを見つめてくるときの感じだもの。とっても寒い日に、焚き火に手をかざすみたいな、微笑みだもの。

だから、シラは言うね。

元気になってほしいから、言うんだよ。

「これ、とってもおいしいよ。神様」

あ、神様、笑ってくれたかも。

22 竜侍は立腹し放心する、人間の怒りと誇りと営みに

ワタシは使徒だ。人間の神の使徒だ。

だから、必ず、別の使徒と戦うことになる。そう決まっている。

「よいか、フレリュウ。よおく聞いて、しっかりわかるのじゃぞ?」

寝台の上にて、サチケル様のお小さくも堂々たる立ち姿。

お言葉を聞き逃すはずもない。床に畏まり、拝聴の姿勢は万全だ。

「わりゃたちエルフも、人間も、ヴァンパイアも、等しく貴い生き物なのじゃ。この大陸に生き残った、魔法文化を持つ霊長三種じゃからして」

お可愛らしい声で、しかし難解なことを仰る。どういう意図なのだろう。

「そもそも、じゃ。この大陸にはもっと多様な霊長類がおったのよ。絵物語で読んだことがあろ?森にはエルフとインセクター。平原には人間とケンタウロス。山にはドワーフとコボルト。海にはマーマンと……ようわからんドロドロ」

神話についてのご説明だったか。

幼生体のころに寝物語に聞かされた憶えがある。支離滅裂で、すぐにも眠れるよい話だったが。

「それらがまあ、いろいろと災害だの戦乱だのがあって……大陸が氷で覆われるなんてこともあったりして……種族はひとつまたひとつと滅んでいったのよ。花が散るかのようにのう」

そう、神話には、夜更かしを怖がらせるためのおどろおどろしさもあった。

地の底から甦(よみがえ)った魔王が神に逆らうくだりであるとか、エルフが皆で冬眠するだとか。

しかし最後はエルフの栄光が語られる。

当然だ。エルフとは神に愛される種族。悪神異形の類(たぐ)いを駆逐し、古(いにしえ)の宿敵であるドワーフをも滅ぼして、あまねく世界に秩序と正義とを打ち立てたのだから。

「みなはヒト、ヒトと呼ぶがの？　そんな激動の歴史を越えて今に存続する種族のひとつが、人間なのじゃ。エルフと同じだけの長き来歴を持つ、尊い種族なのじゃよ」

なるほど。そのような理由で、サチケル様はヒトをニンゲンと呼ばれるのか。

「希少性を貴び、彼らの歴史と伝統に敬意を払え……ということですね？」

「んむう……もやもやと歯がゆいが、そんな感じになるのかのう。とにかく、人間と仲良うしてほしいんじゃよ、わりゃは」

「承知しております。彼らは吸血種に対して強力に抵抗しました。その有用性はアルクセム二等も理解するところです。評議会もこの地を戦略的に活用すべしとの決定を下しております」

「戦略……またそれかあ……」

おいたわしや、サチケル様。兵力の増強とてなく、なおも、かかる野蛮な地に留(とど)まり続けろとは……通常の命令であれば抗議するところだが。

神勅の権威をもってする命令では、ただ粛々と従うよりない。

「わりゃ、戦争、嫌いなのよ……」

「そうは仰られましても、相手は荒ぶる吸血種です。戦わねば大陸を支配されましょう。勝たねば正しき秩序の回復も叶いません」

「仲良うする、というわけにはいかんもんかのう？」

「憚りながらそれまでに。共和国の大方針に対する疑義は断枝滅葉の大罪でございますれば、どうかご自重を」

我が風が防諜する以上、耳をそばだてる不埒者がいたとて問題はない。

しかし危うい御方だ、サチケル様は。

お愛らしさが時として思いもよらない無茶へとつながってしまうのだから。

「うう……フレリュウゥ」

見てはダメだ、私よ。畏まって床を凝視するのだ。

さもなくば「万事お任せを」などと宣言してしまうぞ。耐えろ。堪えろ。憎きものをでも想像してやりすごすのだ。

憎きもの。吸血種。滅ぼすべき邪悪な存在。

そういえば……先ほどのお話は吸血種について触れていなかったな。

「サチケル様、ひとつ伺ってもよろしいでしょうか」

「うんむ？　なんじゃ？」

「吸血種については、どのように解釈されているのでしょうか。私が生まれたころ……三百年ほど前に突如として出現したと聞いておりますが」

サチケル様の仰るところの霊長類を飲食する、浅ましくも呪わしい種族だ。

暴力的で快楽的で本能的という、この世の悪徳を体現するかのような、エルフの天敵だ。

とても貴いとは思いがたい。

「あれらはなあ……んお？　フレリュウ？」

風に反応あり。兵か。

ああ、もう来たのだな。

「申し訳ありません。どうやら件のニンゲンが参ったようです」

「おお！　ついにこの時が来たのう！　準備は、準備は万端じゃろな？」

「ご指示いただいたとおりに」

「よーしよし！　行くのじゃ！」

「あ、サチケル様、まずは私が供応します。しかる後にお出ましされては……」

「いいや、行く。出向いてもらっておいて、わりゃが迎えんでどうするのじゃ！」

ぴょんと跳ねられる様の、なんというお可愛らしさ。ちょこちょことお急ぎになられる様もまた。

それを拝見できることこそ側仕えの役得よ。

いや、気を張らねばならんぞ、私。このところどうにも惑いやすくて敵わん。

サチケル様のお世話を独り占めにできる幸福の、思わぬ弊害だな。艱難辛苦の類いは心構えひとつで忍耐できるが、その逆のものは心を無構えにする。

「うむうむ、お茶も茶菓子もいい具合じゃな！　よーしよし！」

屋上へ設けた茶席には、サチケル様お好みの甘味をそろえた。

ニンゲンがこれらのもったいなさを感じ取ればよいのだが。

「ただ、のう……兵が多くはないかのう？」

「いいえ、そのようなことは」

警備は万全のようだな。

空には五羽の風鷹が周回している。屋上の四方には風使い十名と水使い十名が、それぞれ一頭の銀豹を伴い立っている。隣接する建物の陰に飛行者も潜ませている。

そして今、私も加わった。

「そうかのう……気を悪くせんかのう？」

「御身の貴さを存じませば、手薄に過ぎるほどかと」

「じゃがなあ……」

脅威は、あるのだ。

名はなんと言ったか……エルフの魔法を斬った、黒髪の者。

ニンゲンは「五十骨崩し」などと口さがないことを噂していたが、それは誇張がすぎる。戦闘の痕跡を見れば真実は推し量れる。

南から襲来した吸血種は、ニンゲンの奇襲を受けて混乱、同士討ちでも起こしたのだろう。

意味不明な位置での《放雷》もそれで説明がつく。

「おお！　よう来たよう来た！　わりゃがサチケルじゃ！」

「……クロイ」

「クロイか……うむ……良き名じゃな」

先に名乗らず、しかも会釈だけだと？

これだからニンゲンは……しかし非武装で参った点はよし。当然のことではあるが。

供は二頭か。見たところ武官と文官といったふうだが。

「お初におめもじいたしますわ。わたくしは先頃より当地の主計を務めおります、紅華屋アンゼでございます。どうぞよろしくお見知りおきを」

「うむうむ、苦しゅうないぞ！」

文官のほうは中年の雌。筋骨は柔なものだが、ほのかに魔力の気配がある。

「拝顔の栄誉を賜ります。当地代表の弟、マリウスと申します。この場へは兄の名代としてまかり越しました」

「おお、兄弟というやつじゃな！　顔が似ると聞くのう！」

将校だな、この見目のいい雄は。立ち居振る舞いでそれと知れる。

「よくご存じですね。三人の兄たちは、皆どちらかといえば、父に似ております。末子たるそれがしのみは母に似ました」

「ほう！　人間には、そのような摩訶不思議があるのじゃなあ」

「世代を越えて似ることもありますわ。わたくしは曾祖母の生き写しと聞きます」

「そのようなことまで！　ならば、その方らは皆、千年万年の昔を生きた誰ぞの似姿なのかのう」

クロイとやらは無口無表情を極めているが、供の二頭は愛想がいい。

しかし、不可解だ。

クロイとやらの他には、この地の代表と、交渉の窓口である司祭、そしてあの火使いが来るはずではなかったのか。

「さあさ、座ってくりゃ！　わりゃがうんまい菓子を見繕ってやるからに」

「お心遣い、ありがたく存じますわ。されど竜侍官殿は訝しんでおられるご様子」

「……懸念はある。警備上においても、儀礼上においてもな」

「フ、フレリュウ」

「もっともなことです。それがしがご説明いたしましょう」

うなずき、先をうながす。

サチケル様をもお待たせいたすことになるが、やはり状況を納得する必要がある。

「ご指名を受けた三名がここに参らなかった理由は、それぞれです」

微笑みながら弁解するのか。物怖じしないやつだ。

「まず開拓司祭フェリポについてですが、ここに近づくことまかりならんと、貴軍の二等師殿に拒まれました。余計な交渉をするなという警告であると受け止めております」

アルクセム二等め。それこそ、余計な差し出口ではないか。

「次に開拓司魔オデッセンについてですが、少々臥せっております。火役要員の訓練にいささか特別な方法を取り入れまして……ふふ……ぷくく……！」

なんだ。随分と愉快そうだな。

火を起こせるニンゲンへ訓練を施し火使いに仕立てているとは知れている。順調ということか。

もしもそうだとすれば脅威だが。

しかし、偵察の報告によれば「珍妙にして奇怪なる迷信的儀式」という結論だったぞ。

確か……頭上に油壺を乗せ、手足でよじれ枝のような姿勢を取り、焚き火を囲うように置かれた瓦の上をソロリソロリと延々巡っていく……だったか？

阿呆な。いかにも未開の振る舞いだ。ニンゲンは瞑想法すら知らないらしい。

「我が兄アギアスについては、単にして純、現在この地におりません。周辺諸村にて魔物による襲撃が頻発しており、その討伐に向かいました」

魔物か。エルフのみならず吸血種もまた走狗として使う。

討伐という話は本当だろう。

ここは騎馬の出入りが激しいから訓練と実戦の見極めが困難だが、心当たりがある。先日出たきりまだ戻らない七百騎。

「いずこの方で魔物が出たのだ？」

「南西、および西北西です」

やはりな。どちらもエルフの作戦領域ではない。

自然発生したものでないとすれば、それらは吸血種の仕業だろう。

最前線で戦闘が多発しているという今、我が軍に敵方へ回って工作をする余裕などない。

「それと、東ですね」

まさか！　ありえない話だ！

よしんば私のあずかり知らぬ不正規作戦があったとしても、最低限の配慮というものがある。

万が一にも、サチケル様へ瘴気が届くような真似はしないはずだ。

「……誤報や虚報ということもあります。ここは皆に期待され、頼られる拠点となりましたから」

「ええ、本当に。わたくしも活気を聞きつけてこの地へやってきたのです」

「ほうほう！　ここはそんなにも大人気なのか？　わかる気がするのう」

「あ、サチケル様、茶の支度は私が」

「いんや、わりゃが入れるのよ。この場の亭主じゃからして」

ああ、もったいない。いや、これがサチケル様の愛護の御心というものか。

ニンゲンはそのありがたさに涙するべきだぞ。

「正客は、クロイ、お主じゃ。さあどうぞなのじゃ」

「いいえ。僭越（せんえつ）ながら、まずはわたくしがいただきとうございます」

期待をすれば、これか。ニンゲンとはなんと浅ましいのだろう。

「……本当に僭越だな。茶の作法ばかりの話ではないぞ」

「おやおや、礼法を論じるつもりですか。当然のことを申し出たわたくしに」

「何が当然だ。類例なき厚遇に感謝するでもない物言い、恥を知れ」

「ほ……厚遇に、恥……ほほほ」

笑うのか。私を。エルフを。

「わたくしどもをこのように脅しつけておいて、さらには毒かもしれぬ一杯を、真っ先にクロイ様へ飲めと仰り……さらにはそれを喜べと。なんと無体な。どちらが礼知らず、恥知らずなのやら」

なんだ。何を言い出した、こいつ。

ニンゲンのごときが。ニンゲンの分際で。

「まったくですね。これほどの重囲に陥るとは慮外の危機というもの」

武官が見渡した先は、どれもが飛行者の伏せる場所。

まさか。このわずかな間に見抜いたとでもいうのか。

「いや、新参者のぼくらがやってきて正解でした」

「英断だったねえ。あたしらが戻らずとも行政への影響は小さい」

何を……しているのだ。二頭揃ってひざまずき、襟をまくり首を露にしてきて。

それで、いったい、私に何をしろというのだ。

「わたくしどもの首級ふたつをもって、輝ける白き軍の慈悲を乞い願います。民の希望であるクロイ様を、つつがなく、民のもとへお戻しになられますよう」

どういうことだ。どうして、こうなる。

ああ、サチケル様の御涙を湛えた眼差し。

私か。私なのか。私が何かを間違って、かかる事態を招いてしまったのか。サチケル様はあれほど楽しみにされていたのに、先の演奏のときと同じく、私の浅慮か何かで。

ズズ、と音が鳴った。続いてサクサクとも。

クロイとやらが茶を飲み、菓子を食べている。

私も、ニンゲンも、周囲の兵たちも、何を言うこともできない。そのなんともあっけらかんとした飲食を、ただ、見るよりない。

「どうじゃ、うまいかの？」

「うん」

「そなたの背の気配……神かのう？」

「うん。今、降りてきた」

「わりゃの茶を、お楽しみになっておられるか？」

「うん。楽しそう」

「そうか……喜ばしいのう」

サチケル様と、クロイとやらとが、語り合っている。

その光景が、どこか遠い。霞の向こうであるかのように。

「ワタシとアナタは、いつか」

「使徒の宿命じゃの。されど、今はまだ」

「うん。神は西を向いていると思う」

「うんむ。こちらもじゃ。哀しいこととは思うがのう……」

そうか。クロイとやらは、人間の使徒なのか。

自然と腑に落ちる。この場を覆う圧倒的な気配がそうさせるものか。

凪いだ心で、ニンゲンの兵の急報を聞く。

北西の山岳より、魔物が大挙して溢れ出たとか。

茶会は散会となった。しばらくして、先の武官が五百騎で出撃していった。馬の立てる土煙を遠望し、それを見送った。

サチケル様のお側に侍り、何を言うでもなく、ニンゲンの営みを見ていた。

23　中弟は殲滅（せんめつ）し勧誘する、人間の先頭を征（ゆ）く少女のために

魔物を斬り払え。病毒呪詛（じゅそ）を祓（はら）うように。

それもできないでいて、どうして、神を奉れるだろう。

◆中弟オリジス・I◆

七百騎で土漠を行く。明らかに強行軍の速度だってのに、疲れが薄い。

これがあのバカバカしい訓練の成果なんだからなあ。

踊るだの回るだのと、どうしていちいち奇妙奇天烈（きてれつ）なんだよ。もっと普通にはできないのかよ。

神懸かりの代償にしたって心抉（えぐ）られるぜ。

馬の毛並み、蹴り足すら良くなったんだから、納得しないわけにもいかないが。

「あの丘を越えれば黄土新地だ。すぐにも戦闘になるぞ」

指示を出す声に張りがある。アギアス兄者は元気溌剌（はつらつ）だ。

前から風変わりなところがあったけど、さらに磨きがかかって、向かうところ敵無しに見えるよ。

あれだな。儚（はかな）さみたいなのが抜けると、こうなるんだな。

「聞いているのか、オリジス」

「聞いてるよ。急いじゃ来たが、まさか二日で着くとは思わなくてさ」

「二日もかかってしまった。間に合うかどうかというところだぞ」

「まあ、そうなんだけど……」

間に合いそうってのが、もう、凄(すご)いことだと思うんだ。俺は。

だって、黄土新地の危機を知ったのって、手分けして小村落を救って回っていたときだろう。

血の気が引いたぜ。あそこは北方(ほっぽう)辺境における最大の人口密集地。そこへ魔物の大集団が押し寄せたなんて、とんでもない話だ。

急ぎ救援に駆けつけなきゃならない。

かといって、戦力分散の愚は犯せない。

妥協策としちゃ、部隊を合流させつつ駆けるよりなかった。そんなもん、どうしたって迂遠(うえん)な経路になっちまう。事実、そうなった。

それでも、黄土新地はまだ落ちちゃいない。落ちる前にここへ来られたんだ。

それを凄いと思わないってあたりに、アギアス兄者の凄さがあるなあ。

丘に駆け登れば、おう、見えた見えた。

業腹だな。川と緑地とに寄り添った街並みは、悲惨なことになってやがる。

遠目にも壊され穢(けが)されているのがわかるぞ。ゴブリンどもめ。我が物顔で瘴気(しょうき)を撒(ま)き散(ち)らしやがって。ホブゴブリンの数も多い。

だが、斥候の報告どおり、一応でも民の避難が済んでいるようだ。

街を見下ろす断崖の上、黄土色の壁を高くして砦(とりで)にした施設。そこから炊煙が上がっている。

そして、それを侵さんと欲して、麓の荒野にもゴブリンか。

ホブゴブリン交じりの凶暴な大群……ざっと数えただけでも二千匹を超えている。異常な数だ。不自然な群れだ。だが戦場に限ってはありうる話なんだよな。

ヴァンパイアの尖兵だろ。あれって。

天然もんじゃなく、養殖もんなんだろ。

もともとゴブリンは雄しかいない。かえって繁殖させやすいらしいな。母体に適した生物は何種もあるが、特に人間がいいとかぬかしてやがったな。ヴァンパイアどもめ。

崖上へ続く道は狭い。防塁も築かれちゃいるだろう。

それでも、あの数だ。いつかは破られちまう。いや、もう半ばまでは突破されているっぽいな。

「軍を二隊に分ける」

さすがはアギアス兄者。判断が早い。

「私は二百騎で市街地へ向かう。あの様子では、逃げ遅れた民も少なくないだろうからな。後回しにはできない」

なるほど、確かに。

喰うことと犯すことにしか執着しないゴブリンが、ああもまだ徘徊している……つまりは民の気配を探っているからで、数を鑑みれば察せられるもんがあるな。

「オリジスは五百騎を率いて、あれを崩せ」

兄者の指差す先。荒野にゴブリンの大群。二千匹超。

「やれるな？」

「やらいでか。全力でいいんだよな？」

「そうだ。ウィロウ家の旗のままにやれ」

「そりゃ、いい命令だ。魔法の使用自由ってことだもんな」

掛け声をひとつ、丘を駆け下りる。

籠城戦をがんばる皆さんよ、さあご覧じろ。掲げる旗は、火刑十字の黒戦旗だぞ。

そうだ、皆して気勢を上げろ。ウィロウ家軍が助けに来たんだ。もう助かるんだ。

俺たちが、ゴブリンどもを駆逐してやる。

「全騎、『火瘤弾』用意！」

一塊になって駆けつつ、手に焦げ茶色の球を握る。ユシノ木の虫こぶの中に木炭粉を詰めたこいつへ、自分の魔力を注ぎこんでいく。

まだ入る。もっと。こんくらいか。いや、もう少しだけ……よし。

「縦列！　敵集団の外周を巡る！　投擲は同時にやるぞ！」

命じて先頭へ出た。

いい風圧だ。もうゴブリンの醜い面構えが見えるぞ。そこまで近づいた。

速い。疾走が力強い。

これまでの戦法なら、このまま突入したろうな。それでも十分に勝てる。そうやって我が家門は武名を轟かせてきたんだから。

だが、これからは違う。

ここで俺は、馬首を左方へ向けるわけだ。剣も抜かず槍も構えずに。騎馬の風だけを敵へ吹き付けて、馬蹄の地響きで身をすくませて、駆け行くわけだ。

「火ぃ点けえ！」

よおし、ゴブリンども。もっと押し合いへし合いしろ。

「投擲用意！」

騎馬に慄きギュウギュウ詰めになって。密集して。

「放れ！」

さあ、こいつを喰らえ。

火瘤弾を投げた。

我先にと、五百個の瘤球が宙に弧を描く。

ゴブリンどもの頭に当たったり、肩に当たったりして、足下へ落ちていく。いや、中には受け止められたり、拾われたりしたもんもあるかな。

それな、《発火》をきっかけとして発動する燃焼魔法だぞ。

どれもこれも、《発火》を仕込み済みだぞ。

「退避い！」

離れるや、ドカンと……うお、凄え、ドッカンドッカンでズババババーンだ。

音が腹に来て、熱が頬に来る。いつもよりも凄え。魔力がいい具合に馴染んだんだな。《爆炎》って魔法名は大げさじゃないぜ。

もうもうと上がった黒煙が風に流されて……と。

死屍累々だが。

まだだ。爆発に巻きこまれなかったやつらがいる。まだ動けるやつらがいる。ゴブリンであると見てわかるやつらが残っている。どれも一等悪いことだな。

魔物はくたばれ。ゴブリンは素材にもならないから、ただ死ねばいいさ。

「全騎抜剣、自由攻撃！　殲滅しろ！」

隊列を解き放って、俺も行く。

動揺するゴブリンを斬る。暴れるホブゴブリンを刺す。油断はしないぞ。一匹とて生かしてはおかないし、一騎とて失うつもりはないんだ。

それにしても、馬がよく駆ける。爆発の光や熱もへっちゃらだし、敵に怯(おび)えもしない。

アギアス兄者の言うとおりだな。馬を使って戦うんじゃない。馬も一緒に戦っているんだ。気持ちが通じるもんだから、手綱、ほとんど鞍(くら)に巻きっぱなしだ。だから、そら、長柄が使いやすいったらないぜ。

いや、実際のところ、妙に技の切れがいい。

ホブゴブリンの棍棒(こんぼう)を、人馬一体の動きで避けるその際、もう肘を切断していた。馬が体勢を戻す動きを、長柄の切り返しの勢いへ乗せて、首を飛ばす。ひと息でやってのける。

ううむ。俺、開拓地に来てから凄(すご)く強くなったなあ。

今ならアギアス兄者に……いやダメだ勝てる気がしないわ。

兄者と試合うと、馬まで攻撃してくるからな。馬具でユニコーンみたいな角着けるとか、人馬ともに頭の心配をしたもんだけど……それで突き落とされたから文句も言えない。

そして、そんなアギアス兄者をして、絶対に勝てないと言わしめる人物。

それがクロイ様なんだよな。

いや、わかるよ。手合わせをしないでも、たたずまいだけで感じ取れるもんがある。

あの人は尋常じゃない。兵法の達人ってのもあるんだろうが、こう、もっと圧倒的で……つまりはさ、ひとりでひとつの軍隊なんだよな。あの人は。

そりゃアギアス兄者がほれこむわけだよなあ……言葉どおりの一騎当千だし。

けどさ、だからこそ、俺たちみたいな人間が必要なんだ。

戦える軍人が。露払いになれる軍隊が。あの人を決戦の場へ至らせるための、道とも足場ともなれる軍組織が。

アギアス兄者の言っていたとおりさ。手紙の文面じゃ言い尽くせてなかったけどな。

さ、この一匹で終（しま）いだ。魔物は退治されにけり、だ。

歓声が降ってくる。熱狂的なもんだ。

おう、旗を振って応じてやれよ。街のほうは虱潰（しらみつぶ）しになるから時間がかかる。その分、こっちは派手に勝ったんだから。

救われて、盛り上がって……もっと戦ってくれ。

あんたたちにも加わってほしいんだ。

クロイ様を先頭にして戦う、この、回天の大事業にさ。

24 騎士は吶喊し突貫する、魔物の原を火炎のごとくに

ワタシはひとりじゃない。

ワタシたちだから、ひとりじゃない。

擲弾騎兵を率いて進む。並足と速歩とを織り交ぜて、一路、山岳付近へ。

土砂崩れのようにして溢れだしたという、魔物の群れ……魔物の大津波に立ち向かわなければならない。既にしてぶつかっているだろうマリウスの戦況やいかに。

「転戦、連戦、大立ち回りだな。疲れてないか、兄者」

オリジスの軽口を一笑に付した。

この弟が一人前になるのを待って家を出たつもりであったが、どうしたものか、武者振りだけは立派になったものの性根がやんちゃなままだな。

「今更だけどさ、新地の駐屯兵、少しも出させなくてよかったのか？」

「彼らはまず新地の防衛戦力であるべきだ。魔物を駆逐したとして、淀んだ瘴気が新手を招くことがある。それに……」

「戦法戦術が異なる部隊は足枷になる、だろ？」

「そうだ。もはや練度の問題ではない」

「まあ、それは確かにあるんだけどさ……」

腰に結いつけた新装備は二種類。火瘤弾（かりゅうだん）は四発と、焼炎筒が二本。

ただのこれだけが騎兵の戦い方を激変させる。

火瘤弾を用いた《爆炎》は、騎馬突撃とは異質にして勝るとも劣らない敵陣破壊力をもつ。

燃焼魔法の常として取り扱いは難しいが、兵は誰もが使いこなせるようになった。当然か。そうでなければ擲弾騎兵と名乗れないのだから。

しかし焼炎筒のほうはまだまだ難しいな。

油入りのこれは、応用が利く分、使用者の魔力や器用さによって得られる効果に差が出やすい。

オリジスは、火炎瓶の一種くらいにしか扱えない。

マリウスは……火の魔法戦士とはかくなるものかと感じ入るほどだ。

「ほら、新地の人ら、熱烈だったじゃんか。ついていきたいって兵も多かったし、その気持ちを汲（く）んでやってもよかったのかなってさ？」

「言いたいことはわかる。行軍だけならば……いや、通常の魔物討伐ならば、そうしてもよかったろうが」

「……ヴァンパイアかあ」

「無闇には出てこないだろう。だが、絶対に出てこないとは思うな」

斥候を頻繁に出しながら進む。

朝に昼にと先を急ぎ、暮れる前に伏せられる地形を選抜、息を潜めて夜を過ごす。そして明けるよりも早く進発する。ヴァンパイアを警戒しつつの強行軍だ。心身への負担は大きいが。

一騎として脱落しない。新調練の成果が活きている。

兵糧も問題ない。新地で補給できたことで、この作戦行動が可能となっている。

問題があるとすれば開拓地のほうだ。主力の騎兵が出払ってしまった。

そうせざるをえない状況であるとは、わかる。フェリポ司祭らも熟考の末の判断であったろうが
……厳しいな。茶会の件があったばかりだ。聞いて肝が冷えたし、思い返しても震えがくる。

かつてのクロイ様の言葉ではないが、我らの事業は「底」から始まったものだ。

取りうる手段は限られていて、万事が危うい綱渡りとなる。

エルフへの対抗力の低下が、何かよからぬ事態を招かなければよいが。

もしものときは、何をおいてもクロイ様を逃がしてくれよ。

石と砂ばかりの、この荒涼たる風景……乾き切ったこの様こそ、これまでの我らなのだ。冷たい土くれへと化していくだけの生など、もはや認められやしない。

払暁、日よりも先に瞬いた光を見た。遅れて、低く響く音。

「兄者！　これは！」

どうやら、斥候の報告よりも戦場が東へずれたようだ。

そしてその動きの中で《爆炎》が集中的に使われた。マリウスが押されているのか。

「全軍、駈足前進」

駆けつつ思考しろ、アギアス。私よ。

敵は魔物の特大集団だ。

その数と種類は、先の開拓地におけるものをも上回る。危険度の高い魔物としては、トロールの他に、オーガやバグベアも交じるとか。

迎撃に出たマリウスが率いているのは、五百騎だ。

こちらが到着するまでは遅滞戦闘を行うと言ってきた。できないことを言う弟ではないし、言ったからには絶対に実行してのける弟でもある。

こちらの位置も把握しているはずだ。

南から接近していると。もう間もなく到着するのだと。斥候が伝令を兼ねて駆け廻っている。

それなのに、戦場は東へと移って、火瘤弾が戦術的に用いられた。その意味は。

まさか……いや、そうか。

それならば、先の音は合図と取るべきものだ。

「前部二百騎、剣槍と筒を持て！　後部五百騎、弾を残さずと心得よ！」

見えてきた。

天下を冒瀆するようにして、おびただしいほどの魔物の群れ。

トロールだけで十体を超え、オーガやバグベアが多数走り回る様子など、国の亡びを感じさせるものだ。吐き捨てられた瘴気と垂れ流された汚汁とで、大地も腐らんとしているが。

無秩序ながらも、広く散開してはいない。

見事に群れをまとめおいたな、マリウス。今は追われる形勢だが、十分に役割を果たしたぞ。

そればかりか、速度で翻弄して小型の魔物を引きずり出したようだ。

馬を恐れず縋り付くマッドエイプ、足に嚙みつくポイズンラット、跳んで群がるオメガリオック……どれも騎馬にとって厄介な魔物だが、ほとんど見当たらない。先の爆発で片づけたのだな。

そういうお膳立てで、我らの到着を待ったということだ。

「長鋒矢の陣！」

ならば私も応えよう。お前たちをこの地へ招いた者としての、決意を見せよう。

二百騎を楔の形にして、私はその中央先端へ。

楔の笠に守られるようにして縦四列に五百騎。長く伸びたその最後尾にはオリジスがついたか。

共に最も危険な位置だ。それでこそウィロウ家の男だぞ。

槍を両の手で握る。神に、祈る。

「吶喊!!」

吠えよ、輩たちよ。喊声でもって獣声を塗りつぶし、いざや魔物の原へ。

速度を武器にして、貫く。

避けよ。割けよ。裂けよ。魔物どもめ。我らは人間の最先鋒であるぞ。この猛き戦意、意志と戦術の鋭利、本能のごときで阻めるものか。

前方にバグベア。悪意を宿した熊のごとき魔物。振り上げたその両腕で私を威嚇するのか。

無駄だ。ヴァンパイアと比べれば、怪力があるとて、技無き無様な振る舞いにすぎない。

身を伸ばして喉を突く。頭蓋まで貫いた感触。

もがきを見捨てて、その先へ。もっと奥へ。

オーガか。中小の魔物を蹴散らしながらこちらへと迫り来るから、捨て置こう。そのまま追ってこい。追って魔物を殺していろ。

よし、そろそろ頃合いだ。

「後部、火瘤弾、投擲開始！」

命ずるや、たちまち生ずる爆発。《爆炎》がたて続く。

前部の楔が敵陣を突き割って奥へと進み、それを押し潰さんとしてくる敵をば、後部の縦四列が左右へと火瘤弾を撒き散らして粉砕する……これこそが長鋒矢の陣。

巻き起こる炎を背に受けて、なお突き進む。

おお、トロール。挑ませてもらうぞ。再生力のある皮膚と肉とに用がある。

これまで多くの将兵が命を懸けて挑み、武運拙く果てていったが……これからは違う。我らがその先に至ったことを証明するために。

手に、焼炎筒を持つ。魔力を注ぎこんで、握りしめて。

オデッセン司魔直伝、燃焼魔法《焼薙》。

火炎の大剣のようなそれで、トロールの腹を薙ぐ。

聞くに堪えない絶叫と、脂と肉が焦げる臭い。凄まじいほどに燃え上がった。

苦しかろう。厚い皮膚を斬り裂いて、内と外の両面から焼いているのだ。手で払おうが地にのたうちまわろうが、決して消えやしない。我が魔力を跳ね除けない限りは焼き続ける。

その結末を見ることなく、さらに前へ。

魔物という魔物を、突き崩し打ち払い押し退けて、腐れた大地の向こう側へ。

突き、抜けた。

突き抜けるなり、歓声が沸いた。戦闘中に何を。気持ちはわかるが。

「やった！　やってやったぞ！　思い知れ、魔物！　ヴァンパイアだって！」

オリジス……お前か。ウィロウ家の男が率先して舞い上がって、どうするのだ。

よくぞ生き残ったが、しかし、まだ戦いは終わっていないのだぞ。

「兄上！」

「お見事な中央突破でした！」

マリウス、右方から回りこんできたか。

「うむ。お前こそ、かかる大群を遅滞見事。小物払いも助かったぞ」

「やれてそこまででした！　しかし、兄上、まさかトロールを一撃でとは！」

「おお、屠れていたか」

駆けつつ、敵を見る。なるほどトロールが大岩のような焦げ姿をさらしているな。

《爆炎》も実に効果的であったようだ。既にして数千匹は討ったか。オリジスの隊は火瘤弾の扱いがうまい。抜群の威力を引き出している。

「よし、マリウスも後部に加われ。前部の火瘤弾も合わせて、オリジスの隊へ分配してくれ」

「再びの突入ですね？」

「そうだ。魔物の原に十字を刻む。しかる後、お前もトロールへ挑んでもらうぞ」

「はい！　心得ました！」

これら魔物は、まず間違いなく、ヴァンパイアの雷魔法によって精神へ影響を受けている。

それが証拠に、混乱をきたしている個体が多い。あれらは爆発を恐れたのではない。《爆炎》の魔力を受けて、心縛る魔法から解かれたのだ。

さりとて容赦はせん。

我らは共存できるはずもなく、そして、ここは人間の領土領域なのだから。

「全軍、吶喊せよ‼」

神よ、我らの戦いに祝福を！

アギアス・ウィロウ、突撃する！

25 ドラデモ的ROMとBANとDXについて

神は、全知全能じゃない。

怒ったり悲しんだりする心は、そういうものじゃない。

◆ドラデモ実況動画・その三◆

はーい、いもでんぷんだよー。これが飲まずにいられるかーい。

そうですよ。のっけから酔っ払いですよう。

だってアカウント凍結されちゃったんだもん。

これじゃ動画投稿できないじゃゃん。別アカで視聴余裕とか思ったら即BANされたし。なんでやねん。意味不明ですよバッキャロウ。

なんだよなんだよ。利用規約とかあんまし読んでないけど超守ってるっつーの。むしろ勝手にマイルールまで作ってそれも守っているっつーの。

まあ、今、マイルールをひとつ破って飲酒ナウだけど。

酒の肴（さかな）はー、うどーん。具なしの素うどんだけどー。んまーい。

はあ……何やってんだろ…………んまーい。

ま、ゲームやろゲーム。会社のためにもゲームですよ。そっちも激しく意味不明ですけども。

特別ボーナスもらっちゃったしー。でも、札束持っているのってなんか怖くて、全部実家へ仕送りしちゃったしー。

ドラデモー、ディー、エーックス。まあ、モニターにつけっぱですけどー。

そんで……ずっと見ているだけ、ですけども。

開拓地の拠点ステータス、チェック。

オッケーオッケー。いいじゃないですかってか凄いなこの数値。なんだこれ。拠点規模上がっているとかビビる。人口も増えているし。人材も充実しているし。外交もエルフと共闘状態だし。

はへー。委任すっごーい。クロイちゃんも自動パトロールおっつー。

何かもう、いもでんぷん、要らないじゃーん。

できることといえばミニゲームで、そりゃもう神業的なボタンぽちぽちを披露できるわけですけども……一定数こなしたら自動でいいですしねえ。

あーあ。うどんも食べちゃった。

だいたい、戦略シミュレーションのとこは苦手なんですよね。やること細かすぎて。

前に貴族キャラでプレイしたときは、領内の貧富の格差是正しようとして破産しちゃったし。そんで冒険者堕ちして、すぐにゲームオーバーになったし。

もっと前に司教キャラでプレイしたときなんて酷かったし。

レア職やっほいってテンションあがって、攻略情報利用しまくって……なんでか断頭台の露と消えたし。ビビったし。割とトラウマだし。ギロチンじゃなくて斧だったのも怖かったし。

思えば、最初に立てた目標を達成したためしがないや。

どんなキャラでやっても、必ずどっかでゲームオーバーになるもの。皆そうなるのがドラデモだから、それを楽しんだけど。

ずっと目標はひとつきり。

誰もが一度は憧れるもの……人間救済ルート。

何度挑戦してもうまくいきゃしない。

ヴァンパイアキャラでやってもダメ。エルフキャラでやってもダメ。どんだけ強いキャラ作ったって無理でそうろう。あいつには勝てない。勝てないようにできている。

魔神ストリゴアイカ。

ヴァンパイアを創造した神。不死の女王。大陸へ破壊をもたらす者。

どんなルートをたどっても、魔神様の理不尽暴力によって、最終的にはヴァンパイアが大勝利。

そーゆーふうにできている。だって公式エンディングだもの。魔神様が大笑いして、それがとんでもない規模の雷嵐を呼んで世界滅亡。

初めて見たとき、普通に唖然（あぜん）としたもの。何これ救われないって。

そんで、まあこれはバッドエンドでしょうよって別キャラプレイして、また世界滅亡。次も世界滅亡。ここら辺で変なスイッチ入って、マゾゲー大好きに。

でも……ね。噂（うわさ）があるんだよね。

世界の滅亡を回避できる真エンディング……どうも魔神様に世界から退場していただけるルートがあるらしいっていう、そんな噂。

それ、結局、魔神を倒せてないじゃーん。

などと熱いツッコミを入れつつ、おビール様もう一缶ご案内ー。苦ーい。人生の味がするよお。こいつが最高なのさー。

はーあ……ドラデモかあ……。

今回のこれも、結局は、滅ぼされちゃうのかな。ＤＸ版とはいえ。

まあ、そういうゲームですからね。

諸行無常で盛者必衰の理ですよ。驕れるヴァンパイアはやりたい放題しちゃえますけども。結果を期待できないときは経過を楽しむっきゃないですもんね。ヴァンパイアは愉悦三昧ですけども。

……人間、がんばっていますよね。開拓地、超発展してきたし。

このゲームって、結局のところヴァンパイアがメイン勢力なわけで、エルフだってその対抗馬にすぎなくて……人間なんて雑魚で脇役でしかないのに。

救済措置のはずの守護神だって、結局、最弱な鬼神でしかなかったのに。

クロイちゃん、その使徒になっちゃうし。

もう、勝ち組に従属して生き残るってのもできないし。

なんとかしようったって、いもでんぷん、ＤＸ版のことよく知らないし。

……グビグビー、ぷはあ……。

あー、もー、酔っ払っちゃったなー。マイルール、なんならもうひとつ破っちゃうかなー？

破っちゃう人、手え上げてー。はーい。

よーし、検索エンジン起動しちゃうぞー。

敢えての人差し指ポチポチで、ほーら、ド・ラ・デ・モ……Ｄ・Ｘっと。スペースキーをワンプッシュして、攻略って打ちこんで、検索ボタンをポチっとな！

ほーら出てきたぞい。

ドラゴンデーモンRPG、デラックス版の攻略サイト！　何個も候補があるけど、レイアウト的に考えるとベテラン勢が集いしサイトはたぶんここ！　クリック！

さーてと…………ん？

何かパッケージデザインが……違くない？

いや、でも、PC版もコンシューマ版もイラストは一緒でしょうよ。ドラデモ制作チーム、そういうところ雑だから……なんだこれ。そもそもタイトルが違うんですけど。

『ドラゴンデーモンRPGデラックス』って、なに？

うちのは『ドラゴンデーモンRPG・DX』なんだけど？

攻略情報は………うっわ、全然違う。

なになに、なんなのさ、この普っ通なキャラメイク。「ついに職業やスキルの選択が解禁された」だ？　はあ？　「デラックス版はいわゆるパワーアップ版である」ってどういうこと？

人間の守護神について、なんにも書かれてないじゃん。

人間、相変わらずの下等劣等扱いじゃん。

こんなの……絶対に違うじゃんか。

あ、生放送！

生放送したんだから、反響っていうか、話題にはなったはず！　この際だからエゴサも解禁！

マイルールってのは時と場合によっちゃ破りもするんだい！

は？

は？

ヒット数ゼロっておかしいでしょ。

っていうか、なんだよこれ。あっちこっち、「このページは削除されました」だの「フォビドゥン」だの「404」だの……あ、大百科のいもでんぷんページも存在しないページ扱いだ。

スレッド！　攻略スレ見れば……なんで現行スレがないの⁉

どうしたんだよ。おまいらそれでもドラデモ民かよ。それなら、このいもでんぷんがスレ立てを……立った！　どうよ！　そして華麗に話題を提供…………え？

スレッド、削除、されちゃったんですけど……？

うわ……怖あ…………おビール様をもう一缶。苦ウマ。

これは、あれですね。お前もう酒飲んで寝ていろよってことですよね。

怖いもの。こんなん夢だもの。高度情報化社会がウンタラして、ゲーム脳だかなんだかがホンニャラした弊害とかだもの。苦ウマ苦ウマ。

録画もさー、おっかしいもんね。実際のところ。

なーんか、パソコン、やったらスムーズになったし。謎の性能アップだし。

そりゃまあ、いろいろと意味わかんなくもなっちゃうか。だって全部が変だもの。社長から帰ってゲームしてろなんて言われて。大金までもらっちゃって。

ドラデモ、ＤＸか。

なんなんだろ、これ。

なんでここで動いていて、なんでこんな内容で……なんで、プレイし続けているんだろ。動作不安定なのに。楽しめる気分じゃないのに。

ん？　緊急イベント発生？

あ……あーあ、これヤバイやつじゃん。

ヴァンパイアから開拓地へ向けた攻撃宣告とか、これ、使徒出てくるの確定じゃん。

使徒。ヴァンパイアの使徒。土系マスターの『崩山』か、雷系マスターの『艶雷』か。それとも土雷ハイブリッドの最強キャラ『黄金』か。

どれが出てきても開拓地に勝ち目なし。どのひとりでも余裕で開拓地を更地にできるもの。

いや、でも、サチケルちゃんがいるか。『万鐘』のサチケル。防御の極み。

そして……クロイちゃんがいる。

人間の守護神の、たったひとりの使徒……鬼神の使徒の黒髪のクロイ。

やれる……か？

いや、ここでやらなきゃ、それこそ意味わかんないか！

バトルなら、得意なんだ。本当に得意。

だって、これまでに何回死んだかわかったもんじゃない。

今度こそはって育てたキャラを、何人も何人も何人も殺されて、それでも何度でも次こそはって戦い続けてきたんだ。そうやって、ずっと、対処法を洗練してきたから。

そうさ！　ここに力強く断言しよう！

いもでんぷんのプレイヤースキルは、ドラデモのバトルに最適化していると！

ハーッハッハッハ……ハハハハ……ハフフ……はふう。自慢にならない。

社会人としてどうなのさ……だからゲームやっとけって言われたのかなあ…………苦ウマ。

26 商人は観察し微笑する、決死の戦いへ臨む男たちと共に

ワタシは人間の死を踏んでいく。

死に支えられ、助けられて、先へいく。進んで征(ゆ)く。

◆商人アンゼ・I◆

政治と軍事。掛け合わせれば戦争。日常を踏みつける非日常。

男を殺し女子どもを死なせる、暴力の災害……好ける要素なんざ欠片(かけら)もありゃしないってのに。

まさか、この紅華屋アンゼが戦争を計画する側に座ろうとはねえ。

開拓地の主計だなんて、煎じ詰めれば無慈悲な無理強い。民の暮らしから軍の費用を絞り出していく仕事なのにねえ。まったく。

「いやはや、拙僧が解釈をするまでもありませんよ。ヴァンパイアの主張は単純明快です。ここを係争地と認識したから攻める。以上終わり。宣戦布告も何もあったものではなく、ただ、襲来するばかりです」

フェリポ司祭はおどけたふうに言ったけれど、誰も笑えやしない。祭務室はさながら裁判待ちの座敷牢(ざしきろう)さ。

「襲来するばかりって……交渉の余地はないのかよ」

発言した彼は、砦から物資と兵卒を連れてきた将校で北地軍官の……ええと……名前、なんだったかしら。妙に長くて憶えにくいのよ。

「ええと………軍官殿。そう言われましても」

「いいや、司祭殿。言わせてもらうぞ。ああ、責めてるわけじゃないから落ちこまないでくれよ。相手が相手だ。やすやすと話が通じないのもわかるさ」

青いわね。今のフェリポ司祭の間の空け方、貴方の名前を思い出せなかったよ。

「だけど、相手が相手だからこそ、なんとかしないとまずいだろ。係争地っていうからには、狙いはエルフだろ？　うまく話をつけてさ、なるべく開拓地から離れたところで戦ってもらうわけにはいかないかな。避難するにしても時間がかかるし」

あらまあ調子づいちゃって。そのくせ、事の大きさも新しさも恐ろしさも、何もかもわかってやしないのねえ。

戦争をしているのはエルフとヴァンパイアで、人間は汲々として事なかれ。

そんな家畜の処世は、もう通らないというのに。

「我らはエルフと共同してヴァンパイアと戦う。これは決定事項だ」

ウィロウ軍尉代行も憮然として……いないわね。

砦が頼りにならないと感じたでしょうに。この喫緊の時に凡将を派遣されたのよ？

「いやいや、軍尉代行殿、それはまたどうしてですか。ヴァンパイアと戦うなんて正気の沙汰じゃない。そもそも不戦の条約がありますよ。勝手に戦ったりしたら大変なことになりますって。だいたい、ヴァンパイアと戦って勝てるわけがない」

いい度胸をしているわね、この軍官。目を見ればわかるわ。

貴方はわからずにではなく、わかっていて無神経な発言をしているのよ。

「既にヴァンパイアとは戦った」

さすがに怒気が……ないわねえ。凄い腹の据わりよう。

「勝ったし、討ちもした。開拓軍将閣下へ詳報をお送りしたとおりだ」

「ああ、あれですか。読みましたよ。そして内容を信じちゃいません。エルフの戦果を自らのもののように歪めて語ったのではないかと、疑ってます」

「砦ではそう受け止められたのか」

「いいえ、一部の見解です。ヴァンパイアの強さを知っている者を中心に」

「我らの……開拓地駐屯軍の力を示してから言え、ということか」

「ま、そうです。ウィロウ家の武名を高めるためになぞ命を懸けたくはないし、部下を死なせたくもありません」

なるほどねえ。軍閥に関わるお話ってこと。

ウィロウ家は天下に名だたる武門だけれど、抜群であって唯一ではないものね。権力の奇々怪々さがそこへ絡みつけば、こういう不調和もありそうなことよ。

「力なら示されたろうが。十分すぎて仰天したわ」

あら、今度は黄土新地の老将校さん。確かザッカウ兵長だったわよね。

「俺は見たぞ。何千という数で押し寄せた魔物を、わずか五百騎が殲滅する様を。聞きもした。万を超えるほどの魔物の大群を、一千二百騎で壊滅させたという報を」

彼、義勇軍を率いてここへ来たのよね。

黄土新地の軍からも民からも集まった、開拓地の戦いに参加したいという男たち……熱狂的で、復讐心を滾らせもする彼らを束ねるのは、古強者のたたずまい。そう納得していたのだけれど。

「強い。ここの軍は。とんでもなく強い」

熱っぽいわねえ。まるで若武者じゃないの。

「そんな軍を指揮する軍尉殿が、ヴァンパイアを討ったと言う。信じるのが当然だ。信じないほうがどうかしている」

「言いたいことはわかるさ。私も戦果証明品を確認したからな。トロールの巨骨をああもまとめて数えたのは初めての経験だった」

それでも、と肩をすくめるのね。いい度胸しているわ。褒めてあげたいくらい。

「疑わしいことだらけなんだよ、ここは。この北方開拓地のやり方は」

言って見渡す顔ぶれの中には、あたしも入るのよねえ。ほらやっぱり。

「開拓軍尉の代行を開拓司馬が務める、これは正当な人事だ。開拓司祭がその行政を助ける、これもよくあること。ただし開拓司魔の任命はまずい。魔術師組合の推薦もなしにそれをやるなんて、慣習と法度を無視してる。いや、喧嘩売ってるよ」

まずはオデッセン司魔を攻めるのね。

さっきから黙りこくっている彼も、これには腹も立てて……いないのよねえ。それどころかしきりにうなずいているのはどうして？

「ウィロウ家から一千騎を呼び寄せたのも、まずい。越権かどうかは判断の難しいところだけど、いかにも怪しすぎる。追放された次男が、三男と四男を抱きこんで本家に刃向かおうとしてる……なんて噂が立ってるんだよ、砦でさ」

他人様の醜聞はおもしろいからねえ。それが名門の家のものならばなおさらに。

あたしも聞いたことがあるわ。

ウィロウ家の長男は社交に熱心なだけの凡庸者で、次男と比べるといかにも見劣りすると。廃嫡は時間の問題であると。だから陰謀をもって次男を開拓地送りにしたのだ……なんて、いかにもありそうな怨憎劇。

ウィロウ軍尉代行は相変わらずの無表情よね。

弟君たち、ここにいたならどうしたかしら。怒った？　悲しんだ？　それとも呆れたかしらね。

「主計もそうだ。商人の現地採用もないわけじゃないが、彼女はあの紅華屋の主人だろ？　よりにもよっての抜擢だぞ……よくも信用したもんだ」

返す言葉もないわねえ。この軍官はさっきから正しいことしか言わない。

そう、あたしはまっとうな倫理道徳からすれば極悪人さ。

人肉、人血、人骨、人皮……生きた人間以外のものならば、およそヴァンパイアがほしがるものをなんでも取りそろえて、掻き集めて、卸売りしているんだから。

「しかもなことに、私兵として連れてきたのがあの『赤獅子』だろ？　人里へヴァンパイアを手引きしたって話もある連中だぞ？　それを防衛戦力に組みこんでるってんだから、いやはや、もう言葉もないよ……常軌を逸してる」

傭兵団「赤獅子」は、あたしの商売のための実行集団さね。

ありとあらゆる紛争地へ出向いちゃあ、死体を収獲してくる。死体を捌く。商品にする。そしてそれをヴァンパイアのところへ持っていく。確かに、欲深なやつに後をつけられて惨事を招くこともあるけれど。

供給しなけりゃねえ、被害はもっともっと増えるんだよ。

誰が。誰が好き好んで、こんなおぞましい商売を……！

え？　拍手？

誰かしらって、そらあんただろうね。フェリポ司祭。

名前の思い出せない軍官が論じる様を、ずっと、嬉しそうに楽しそうに聞いていて。

「いやあ、素晴らしい。実に的確な批判でした。この開拓地が外からどのように映るものかをつぶさに知れましたとも。他にもあるでしょうが、まずはこれまでに」

「そうか。ま、あとは司祭殿への苦情くらいだしな」

どういうことかしら。二人が面罵し合うのではなく、笑い合うだなんて。

「ほう、それは意外な。どのような苦情ですか？」

「新聞がやばいことになってる。なんだあれ。いったいどこの痛快娯楽活劇なんだ。いや、実際に人形劇だったらもう発表されてるぞ。私も見た」

「ほうほう、出来栄えのほうはいかがでしたか？」

「おもしろかった。崩壊した神院から、雪だるまみたいな神官が這い出てくるところなんて抱腹絶倒ものだったさ」

「それはそれは…………脚本どこの誰です失礼な」

「そりゃ大神院所属の物書きたちだろ。恨まれてるなあ、フェリポ君」

「心外なことですよねえ、ヤシャンソンパイン君」

「長えよ略せよ」

「自分の名前でしょうに。ンソン君」

「そこかよ。パインでいいって言ってるだろ」

これは、本当に、どういうことなのかしら。

口惜(くや)しいわねえ。驚いているのはあたしとザッカウ兵長だけ。軍尉代行も司魔も苦笑いだなんて。

「ああ、説明しておきましょうか。彼と僕は神学校の同期でして。腕を組み肩を組み、家と世間とをもろともに罵倒しつくした間柄です」

「ま、生家の権力の差で私だけ放校されたけどな」

旧知で、性格の悪さが似ていて、仲良し……ああそう。そういうこと。

間諜(かんちょう)なのね、この軍官は。

そして聞き知ったもろもろの言説を、興に任せて、朗々と演じてみせたのねえ。

「いろいろと嫌なことばっか言ってすまなかったな。特に主計殿、その仕事はおろか人間性をも貶(おとし)める物言いだった」

「まったくですよ。僕が囃(はや)し立(た)てなければ、頬を張られていましたね」

「あたしはそんなケチなことしないよ」

「おっと。それなら私は何をされそうだったんだ？」

「赤獅子の手で暗殺。あんたの腕前は知らないけど、用は足すだろう?」

　おやおや、どうしたのかねえ。顔をひきつらせて。

「冗談さね。趣向を凝らして世間様の言い分を教えてくれたんだ。こっちもお返しにと思ったんだけれどねえ……つまらないこと」

「そ、そっか。それはすまなかったな……いや、本当にごめんなさい」

　神妙に頭を下げる、その背筋の真っ直ぐさ。

　少し、笑えた。笑わせてもらった。ザッカウ兵長すら笑ったんだから大したものさね。

　滑稽をやれるというのは、このご時世、とてもとても素敵なことだよ。

「謝りついでに言っとくとさ、私は死ぬために来たんだよな」

　そうだねえ。あんたがそういう度胸をしているって、あたしにもわかったさ。

「不貞腐れを極めた悪友が、そろそろ死んだかと思ってたら、すんごい量の手紙をよこしてさ? 協力しろって言うから、ま、いろいろと便宜を図ってさ? 見返りに酒でも奢らせようと考えてたら、ヴァンパイアと戦争するなんて言い出すんだ。やれやれさ」

　この……ええと……なんたらパイン軍官は、あたしよりも前からここの人間だったってわけだ。あたしよりも深くここの大仕事に関わっていたわけだ。なるほどねえ。

「どれだけ多くの魔物を倒してようが、何十骨とヴァンパイアを討ってようがさ。全部信じたうえに甘い期待を加えたって……やっぱ死ぬと思うんだよ。相手が悪すぎる」

　そうねえ。戦争をする相手としては、最悪の中の最悪よね。

「よりにもよってヴァンパイアの使徒じゃなあ……『黄金』だっけ?　無理無理無理無理」

攻撃宣告状に記されていた、その恐るべき二つ名。

かの『水底』すらも退かせたという、ヴァンパイアの使徒筆頭。

「で、もういっそのことと思って、皆でも命知らずな連中ばかりを選抜してきた。こんなふざけた世界に飽き飽きした連中をさ。私もそのひとり。むしろ首席だ」

だから、と笑うのね。悪戯っ子そのものの笑い方だわ。

「希望をさ、信じさせてみろよ。あるんだろ希望。いるんだろ人間の使徒が。なあ、もったいぶらずに会わせろって。それで、もし、心底から希望を抱いちゃったりしたらさ……」

もう、居ても立ってもいられないのねえ。たまらないのねえ。

「……そしたら、誰よりも勇ましく戦死してやるから。超笑顔で。人間万歳って」

ああ、そういうことなのね。

いい歳をした大人が、そろって、青臭い笑みなんて浮かべるこの祭務室から。

こんなふうにして、戦争が始まるのねえ。

27 影魔は嘆息する、男の意地に／二等は憎悪する、女の世界を

神が戦いを告げている。
荒ぶる神気……暴の気配が、濃い。

なんて厄災だろうか、これは。

「ねえ、ターミカ。かあふぇあ色って知っていて？」

いつか取り入ろうと企図していた『黄金』が、向こうの方からやってきて、私を一足飛びに側近へと抜擢する……なんという僥倖。しがない下士官の大出世だけれど。

嫌だ。嬉しくない。今すぐにでも逃げ出したい。

「知らないでしょう？　神から拝聴した御言葉でね、とろけるような極上の茶色のことを意味するの……そう、貴女の肌のようにね」

頬を撫でるな。首へ降りるな。うわ、胸元へ手を滑りこませてくる気なのか⁉

石洞内とはいえ、周囲には近侍の兵が立ち並んでいる……とか、そういう問題ではなく、素直に気持ち悪い！　いき、息遣いが、明らかに発情している！

「お、お、黄金様！　御戯れを！」

「んふ、大きくて柔らかね……それに少ししっとりとしているわ。緊張しているのかしら」

「そそ、それはもう！　だって！　ほら！」

大げさな身振り手振りで……ほどけない！　なんて怪力なの！　この女！

「戦闘！　戦闘中ですから！　エルフとおんっ⁉」

「木っ端の物見よ。放っておけばいいの。それよりも、私はこの小粒に興味をそそられているわ……何色なのかしらね？」

「いひいっ」

もう、ダメだ。諦めた。これはもう身体をほしいままにさせるよりない。

まったくヴァンパイアというやつは……どいつもこいつも。

せめてもの抵抗に、気を失ったふりをしよう。ついでに《陰見》でもして、精神だけは逃がしておこう……処女は奪われないだろう。うん。血の味的に考えて。

魔力を込めておいた蝿を意識して、切り替えて……と。

ふむ。結構激しいね。

木々の間を縫って矢が来る。鎧に当たった彼はよし。肌を傷つけられた彼はダメ。苦しそうだ。

ヴァンパイア殺しの猛毒。カエルから採取するのだとか。

落ち葉の隙間からは水が絡みついてくる。《水蛇》だ。手足が触れるだけで兵が苦しんでいる？

普通、《水蛇》は口腔へ侵入して窒息させるもののはずなのに……これも毒入りとは恐れ入る。

その戦術を選択し、実行することの意味はなんだろうね。

見たところ、戦死者はヴァンパイアのほうが多い。

こちらが三千人、あちらが五百人という人数差を鑑みれば、無理攻め以外のなんでもないけれど。

エルフに有利な朝日のときに、地形を調べ上げたらしき森で、小勢の猛攻……か。

ん？　あの水使いが部隊長かな？

ああ、そうだ。開拓地でエルフの主力部隊を指揮していた男じゃないか。

強いね。本格派だ。《水鞭》の長さも速さも一級品だし指揮も的確。熟達している。

ああいう古兵は敵に回すと厄介なんだよね。戦場での判断が早いから、寄せるにしろ下がるにしろ隙が少ない。

そんな部隊長が、こんな、無謀ともいえる攻撃をする。

近くに伏兵は……バッタの眼……いないか。側面や背面から別動隊が……甲虫の眼……いない。

じゃあ空……蜂の眼……いい天気だね。鷹が一羽だけ。

とにかくも不可解だ。

ということは、普通じゃない心理なのかもしれない。

ん……あ、そうか。

不平不満か。

開拓地にはエルフの増援が二千五百人も入った。当然、数百人を率いる将でしかない彼は全軍の指揮権を失うことになったろう。伏撃にあって退却したこともあるし、きっと叱責もされたはず。

自尊心を損なわれたろうね。自負心の強さは戦い方を見れば明らか。

激昂(げきこう)しているわけだ。憤懣(ふんまん)やるかたなしなわけだ。

つまり、威力偵察では満足できないんだね。

せめて先鋒(せんぽう)による前哨戦(ぜんしょうせん)にしたいという、切ない意地の表れということだ。この猛攻の意味は。

バカだね。男というやつは得てしてそういう無茶をする。

自分がやるだけでは済まずに、誰かのやった無謀を誉(ほ)めそやしたり憧れたりする。亡(ほろ)びの美学を語ったりもする。

私にはわからない哲学だな。

それで魔神に勝てるのならば、協力するのもやぶさかではないけれど。

ほら、男の浪漫(ろまん)だか純情だかを逆手に取って、ベアボウ隊が回りこんだよ。因縁の対決だとか思っているのかな。実際はバカにされていると思う。

次々と死んでいく部下を見て、美しく誇らしいと思えるものなのかい？

こんなことだから、戦争ってやつは……ア痛っ！

「んっふ、ようやく気がついたわね」

か、噛(か)まれた！　こいつ、この黄金、私の首筋に噛みついた！

「大丈夫よ。血を吸ってはいないわ……少し舐(な)めただけ。あんまり起きないから、少し無茶したくなっちゃって」

舐めるなふざけるな。無体だ。うわっ、身体のいたるところがヌメヌメするっ。

これだから！

こんなだから、ヴァンパイアってやつは！

◆二等アルクセム・I◆

「どうしたい、アルクセム！　随分と必死な顔をして！」

「気安いぞ、吸血……！」

戦槌の一撃を避けて、水の鞭を強振。当たらずともいい。間合いが空けばいい。

鞭をのたうたせて罠を仕込む。森の土は木の根に固められていて水を多く含む。土魔法は働きにくく、我が魔力はよく馴染む。

「敵が大勢だと、まさか当たってから気づいたのかい？　それで我武者羅かい？」

「貴様らと、一緒に、するな！」

鞭を振って頭上を奪う。跳べまい。

そして喰らえ。百を超える数の《水蛇》の群れを。どの一匹とて触れれば呼吸を奪いにいくぞ。

「小細工だねえ！」

バカな、足下から《石盾》だと？

そうもたやすく土魔法が発動するなど……そうか、先の一撃か。戦槌を空振った際、地中を砕き魔力を仕込んでいたな。

盾を踏み倒し、来るか。吸血種め。

「ほうら、死んどきな！」

戦槌。魔法で硬度を増した、硬ければよかろうなどという蛮族の発想の、醜い鉄塊。

鞭をしならせる。手元に引き戻す。間に合ったが、しかし、呆れた強撃だ。鞭を構成する水を半ば以上も散らされたとは。

だが、それら水に染み渡った魔力は留まり残る。魔法の一発分にはなるのだ。

味わえ……水流の円環による吸血種封じの魔法……《流界》。

「ちっ！　厄介な！」

離れるほうへと跳んだか。猪突してくればいいものを。とどめをくれてやったのに。

だが、寸時でも足を捕捉していた。感覚が鈍ったろうよ。追い打つ。

「搦め手ばかりで、意気地のないやつだね！」

「獣は罠にかけるものだ」

「はん！　その獣の罠にはまって負けたやつが、ほざくんじゃないよ！」

放られた石つぶては魔法だな。それぞれに加速す、見えぬ速度の飛来。土魔法《石弾》の応用。

回避だ。立ち木を盾に。石が樹木に食いこむ異音が複数回。これも呆れた威力だ。

む。気配が消えた。今の隙に逃げたか。退くとなれば一目散だな。吸血種には恥も外聞もない。

闘争本能だけで動く野蛮さよ。

そして……そんなものに私は負けるのか。

意を決して攻め入ったものの、結局のところ『黄金』を引きずり出すことが叶わなかった。

多勢に無勢の中でも多くを討ったが、被った被害もまた大きく、今や敵中に包囲されつつある。

援軍が来る手筈もない。

こんなはずではなかった……ようやくつかんだ好機だったはずだ。

ヒトの領域への、魔物を使った支配工作。いかにも地味で、面倒ばかりが多く、功績になるべくもない作戦行動。

それを吸血種誘引作戦へと昇華した。非正規戦であれ武勲をあげる機会にすべく工夫したのだ。

そのはずが、急に機会を覆された。

竜師と竜侍官がやってきて、ヒトの領域にて過ごすための世話を命じてきた。

女の護衛をしろということだ、それは。

策を講じて、吸血種の誘因は成功した。しかし女の奸計(かんけい)により勝ちを逃がした。

今も邪魔され、挙げ句に逃がしたな。そもそも『黄金』などという女を動かすことにも失敗した。吸血種であれ男ならば、出向き、名乗ることくらいはするだろうに。

女だ。女が俺の邪魔をする。いつでも。どこでも。戦場ですらも。

そういえば、エルフ殺しの容疑がかかったヒトも、雌だったな。

ありえぬ話と聞き捨てていたものだが、ヒトの雌とて女といえば女、ありえぬことをして俺に仇(あだ)を為(な)したのかもしれん。

いや、それよりもなによりも……女神であったな。竜神も魔神も。

そんな二柱が争う世界だ。俺の居場所なぞ、こんなもので当たり前か。戦場の端で死んでいくのが神の望みに叶う生き方か。

認め……られるものか。こんな生も。こんな死も。

足掻(あが)いて、足掻いて……必ず目に物見せてやるぞ。女どもめ。

28　魔術師は緊張し祈願する、決戦に臨み人事を尽くして

神よ、ワタシの前に敵がいる。

神よ、ワタシに戦うための力を。

◆魔術師オデッセン・V◆

オデッセンさんは、別に、ビビってるわけじゃねえんだが。

見慣れた荒地がよお、まったく、とんでもねえことになっちまったもんだぜ。

お日様は西に大きく傾いて、いかにも頼りねえもんだが……それを東から見送って、青白の旗を掲げる連中は小揺るぎもしねえ。

大軍だ。耳長が二千数百葉と、ほぼ同数の銀豹(ぎんひょう)と、群れ飛ぶ風鷹(かぜたか)。

漏れ出(い)づる魔力が霧になってやがる。まるで動く森じゃねえか。

耳長め。味方とわかっちゃいても、世にも鼻持ちならねえたたずまいだぜ。チクショウ。

だがまあ、連中がいなきゃ話にもならねえんだ。

対する敵は、魔物が可愛(かわい)く思えちまう、世にもおぞましいやつばらなんだからよ。

西日を背に地から湧いて出てきたような、黄黒の旗を掲げた黄目の大軍。数は三千弱っつうところか。眷属(けんぞく)はあんまりいねえが……暴力の気配がやべえ。

いるんだ。あの軍のどこかに。

黄目の使徒が、こっちの様子をうかがってんだ。

目を逸らすのが怖え。探したくもねえのに、どこにいるのか探しちまう。

止めたほうがいいんだ。こういう視線には魔力がこもるもんだから、下手すりゃ気づかれる。そしたら瞬く間に殺されちまう……電光雷禍の『黄金』が襲いかかってきて……！

「おお！　おお！　騎馬兵というのはカッチョいいのう！」

うおう。そういやここにも二つ名持ちがいるんだった。

耳長の使徒で、なんでか妙に人懐っこい……『万鐘』のちっちぇえのが。

「まるで、いにしえのケンタウロスを見るようじゃ！　お馬さんの円らなお目々がある分、こっちのほうが勝っとるかのお！　ちょっといけずで、わりゃのこと乗せてくれんけども、カワユイからよいよい！　餌やっちゃダメかの？」

どうしてこの土壇場で馬を見に来っかな、こいつは。

いやまあ、いろいろとあんだろうけどよ。連携とか作戦とか約束事とかな。共同して戦うんだから、そら、打ち合わせは大事だわ。

この戦いに敗けりゃ、開拓地は終わりだかんな。

俺たちは出し惜しみなしの陣容だぜ。

主力は擲弾騎兵一千二百騎。名門騎士兄弟によるところの、人中最強間違いなしの精鋭集団だ。

これが通じなきゃお手上げってくらいに強えし速え。

そしてなにより凄えのが、燃焼魔法を集団で使う戦法を編み出したことだ。

火瘤弾をまとめて放って大爆発とか、発想がぶっ飛びすぎだろ。

威力集中が家訓だから当然の運用だとか言ってたが、控えめに言ってウィロウ家頭おかしいだろうよ。少しでもやり方間違えば、味方もろともっつう戦い方だかんな。

だが、まあ、そこから着想を得てしまった俺も……もう頭おかしいのかもなあ。

「おや、オデッセン殿。甘やかそうとしてはダメですよ。どんなに小さく見えてもあれはエルフ。何百歳か知れたものではないのですから」

腹黒司祭め。人参持参で何言ってやがる。

「違え。考え事してたんだよ。とんでもねえことになったなあってよ」

「今日までは生きてきて、今日こそは死ぬかもしれないという、ただのいつものことですよ。渇けば飲みませ、飢えれば食べませ、です」

なんだ、自分で食うつもりか。やっぱ性格悪ぃな。

ちっちぇえ使徒への嫌がらせってより、馬たちへの当てつけみてえになるぞ。戦装束の着ぶくれっぷりも肥満こじらせたみてえだしよ。

「ですが、お気持ちはわかりますよ。我々は初陣ですからね」

「味方が『万鐘』で敵が『黄金』の初陣とか……涙が出るぜ」

「おや、感動屋さんですね。手塩にかけた部隊のお披露目に、男オデッセン、感無量の心持ちというわけですか」

「……しかも仲間と気持ちが通じねえ。マジで泣くしかねえな」

俺の部隊……とうとう実現しちまった、史上初の魔法部隊。

適性のある民の中から、さらに才能を厳選した二百人。魔術師組合から派遣されてきた五十人。冒険者の中から雇い上げた五十人。合わせて三百人の「火使い」だ。

目立ってんだよなあ……どう考えてもよ。

紅華屋印の赤外套をど派手にまとって、得物は新窯謹製の炭杖をひとり三本と、焼炎筒をひとり二本と、あと短剣を一本ずつ。乗馬の訓練をする時間なんざなかったから、気合入れて走れってんで、上等な黒革の長靴までおそろいだ。

「で、司祭さんよ。あんた本当に前線に立つ気か？」

「うっふっふ。何を今更な。率いる兵の数なら僕のほうが多いのですよ？」

「そりゃあ、そうだけどよ……」

腹黒司祭の担当は俺の部隊の護衛だ。

魔法部隊の希少性を考えりゃ、確かに必要な部隊なんだが……率いる歩兵五百人の中身は、冒険者やら傭兵やら義勇兵やらの寄せ集めでしかねえぞ。訓練らしい訓練もしてねえだろうが。

「大盾を得たつもりでお任せあれですよ。防御は僕が、攻撃は貴殿が、それぞれに全力を尽くしましょう」

「死力を尽くすさ。言われるまでもねえ」

「ええ。それで初めて、人事を尽くしたと言えるでしょうからね……！」

熱っぽい言い方につられて見やれば、ああ、あいつか。

黒馬の傍らにひとりたたずむ黒髪の少女。男物の軍用外套を羽織りはしたものの、鎧の類いは一切まとわず、相変わらずの無手。

クロイ。人間の神をその身に降ろす、使徒。

誰もがお前さんを見る。意識する。

そりゃそうだ。それだけの存在感がある。

お前さんがそこにいるだけで、空間が傾いてく気さえする。気にせずにはいられねえ。

あっちじゃ、黄土新地からやってきた百騎と三百卒が、お前さんに向かって祈りを捧げてるぜ。

その気持ちは察して余りあるっつうか、俺たちと同じ過程を踏んでる感じだな。あいつらも、一度絶望の淵まで追いやられたんだしなあ。

こっちじゃ、砦からの援兵三百騎が、怖えくらいに戦意を研ぎ澄ましてやがる。死兵だぞ、こいつらは。お前さんの一歩のために、躊躇なく一命を捨てる気だ。

誰も彼もが、お前さんに注目してる。

人間だけじゃねえ。耳長の連中だってお前さんの一挙手一投足を注視してんだ。

特に、そら、ちっちぇえのにくっついてる竜侍官だ。今も警戒してんなあ。怖くて怖くてたまらねえって感じだ。

そう……これは俺の錯覚じゃねえと思うんだが。

魔法を通じて神の有り様っつうもんに思いを馳せるオデッセンさんならではの、違いのわかる鋭敏さだと思うんだがよ。

お前さんの背負う、神さんよぉ。

何か……妙に荒ぶってねえか？

猛々しいってのとはちと違う、暴力の雰囲気っつうか……破壊の衝動っつうかさ？

「おお、火使いの魔術師、ここにおったか！」

うお、『万鐘』のちっちぇえのが、わざわざ何の用だってんだ。

「そう渋い顔をするものではないぞ？　わりゃは使徒じゃが風使いでもある。古伝によれば、エルフと人間は協力し、火嵐の大魔法をもって悪神の一柱を打倒したという。その術は失われてしまったが、風と火の相性はいいわけじゃしな！」

それ伝説だろうが。んで、相性に関しちゃ迷信もいいところだろうがよ。

お前はともかくとして、後ろのやつ見てみろよ。ほら、目ぇ鋭くさせてやがるぞ。

「これはこれは竜帥殿下。指揮官級の軍議にご臨席いただいただけでも光栄でしたのに、このように閲兵まで賜りましては、我が軍将兵の士気は高まるばかりにございます。此度の共同作戦、きっと皆々様のご期待に副いましょう」

「うむ、苦しゅうないぞ。しかしいちいちに言葉が長いぞよ。身振りも多いぞよ」

「なんと、これは異なことを」

「それに慇懃無礼なのじゃぞ。否定しても無駄じゃ。わりゃの礼法師範の婆とそっくりな口調じゃからして」

「おお……真心をご理解いただけないとは」

「わかっとるのじゃぞ？　エルフの耳の良さを知っていて、わざとわりゃの年齢のことを口にしおったろ？　ん？　こっれ見よがしに人参などぶら下げてからに」

「……餌、おやりになりますか？」

「よーしよし、許してつかわそう！　ぐっはっは！」

うわ、本当に餌やりをはじめやがった。どういう神経してんだ、こいつらは。

「……無理にでも笑ってください、オデッセン殿。兵たちが見ています」

「何を……ああ、そうか、そういうことかよ」

「ええ。こちらでもあちらでも、兵たちは敵意に蓋をし、不信感を燻らせているのが実際のところです。我々が馴れあう姿を見せつけておかなければなりません」

「……人事を尽くせってことか。これも」

「ええ、まったくもってそのとおりなのですが……笑顔、下手ですねえ」

「うっせえ。あんたといい、あんたの友達の軍官といい、演技が上手すぎなんだ」

「何を仰るやら。諸事の基本は交渉であり、交渉の基本は演技ですよ」

腹黒くも説得力のある言葉だな、コノヤロウ。

俺は魔術師でよかったぜ。物を相手にしている分には、笑顔も演技力も要りゃしねえ。

なあ、クロイ。

お前さんはどうなんだ？

笑顔どころか、何の表情も浮かべやしねえお前さんは、演技なんて思いもよらねえっていう真っ直ぐさで……生真面目一辺倒で、神と向き合い続けてんだよな。

だから、戦うきりなのか？

戦うきりだから、そんなにも強えのか？

怒れるお前さんと、荒ぶる神さんとは……燃え盛る大火炎のようなお前さんがたはさ……どこまで一途に戦い続けるんだろうな。戦い続けられるんだろうな。

おこがましいかもしんねえが、ちっと心配になっちまってるからよ。俺が死んだら、俺のことも、薪の一本くらいにはしてくれよな。きっとよく燃えるからさ。そうやって、戦い続けさせてくれよな。

そこんところ、よろしく頼んだぜ？

29 ドラデモ的戦争の常識と生存率と定石と特効について

戦場のすべてを見下ろし、見抜き、見通して。

神が告げている。疾く走れと。猛く戦えと。

◆ドラデモ実況動画・その四◆

モニター、明度そのまま。対比マックス。彩度ミニマム。位置調整よし。

BGM、カット。環境音、マックス。音質、ライブ。イヤホン装着よし。

十本の指を十分に柔軟して、汗拭き取って、各種ポジショニングよーし。

さーて、戦争イベントですよい。苦ウマぷはー。

しっかしおもしろな状況ですねぇ。

ヴァンパイア対エルフ人間共同軍なんてシチュエーション、いもでんぷん的には初めてですよ。

人間大出世ですな。人外戦争に巻きこまれて絶体絶命っていうサヴァイブ系イベントなら、慣れたもんなんですけども。

ちなみに、そんな際の生存率は野球の打率的。三割あれば優秀です。人間なんて眼中になしの魔法をかいくぐり、眷属獣からつまみ喰われないように逃走することになりますし。

思えば、これまでいっぱい死にましたねぇ。

あのキャラもこのキャラも、実にあっけなく殺されました。

人間なんて脇役にもなれない子扱いですからね。どういうふうに育ててあろうとも、どんな目標があろうとも、考慮されるはずもないのです。

戦場の主役たちの都合で、踏み潰されたり、消し飛ばされたり。

たまに拾い上げられたり、やっぱりいなかったことにされたり……蔑ろにされて。

ホント、ドラデモってマゾゲーですわ。

忘れたい現実を、ちっとも忘れさせてくれないんだから。

そりゃあ、いもでんぷんなんて雑魚ですよ。会社に要らない子ですよ。

実況者としてだってイミフBAN食らいましたし。自分の能力値上げ、資格も健康も全然だし。

平凡で、これっていう特徴なくて、特別な才能なんてない……苦ウマ……あー苦ウマだな！

あーあ！　酒飲んで独り言で愚痴とか！　この辺は後で編集してカット確定！

どうせ録画だし！　どうせ投稿できるかもわかんないし！　んもう！

はあ……ゲホゴホ……えーっと。

はい、いもでんぷんです。飲酒してゲームとかよくないと思います。

今回は戦争イベントですねー。人間軍の一員としてヴァンパイア軍に挑戦しますですよ。

謎な外交でもってエルフ軍が味方なので、結構いいところまで食いつけるんじゃないかと。これも大天使サチケルちゃん効果かなあ。

時間帯としましては、ドラデモにおける常識、夕暮れ前後のウォータイム。

基本的にエルフは日中強く、ヴァンパイアは夜強い。

じゃあエルフは朝に攻めればいいじゃんって話ですが、そこは敵もさるもの、土魔法駆使して隠れます。それで夜に出てきて攻めようとしても、今度はエルフ、日中敷設した結界に籠城なり。

土魔法も水魔法も、共通する特徴として、時間かけると防御力が凄いんです。

それに頼られちゃうと、どっちも攻めあぐねるという千日手仕様。っていうか、本当に千日戦争とかになったら、プレイヤーの実社会生活が死あるのみ。

んで、どっちも戦場へ出てくるとなると、この時間帯になります。

ステータス補正としてはエルフ有利からヴァンパイア有利へと変わっていく感じですね。エルフは早く勝負を決したいし、ヴァンパイアとしては耐えて逃さず勝利したい。

さあ、開戦っと。

まずは普通に始まりましたねえ。

ヴァンパイア軍、よーいドンとばかりに突撃です。全体の六〜七割、二千人ほどもダッシュさせちゃうところがとってもヴァンパイア。黒狼がお供する感じですね。

対するエルフ軍は、来いやとばかりに水場を展開です。浅い水堀みたいな見た目。

これ、ヴァンパイアに特効のある《流界》を駆使した防御陣なのです。浅くとも踏み越えられないし、跳び越えても魔力が行動を阻害します。

そして飛び交う石と矢。これが怖い。環境音にビリビリ来ます。

石のほうはどれもこれもジャイロボールですかってなくらいのド直球ですし、矢のほうはあれもそれもホーミングする殺意の軌道です。物騒だわあ。

防御法にもそれぞれ特徴がありますね。

ヴァンパイアは武器で叩き落としたり、《土壁》や《石盾》で防いだり、中には手づかみする強者もいたり。エルフは《飛行》や《滑地》で避けたり、《突風》や《水鞭》で打ち落としたり。

ま、それでも防ぎきれないからこそ、この距離で射撃戦が成り立つわけで。

どっちも当たるとえぐいですねえ。

石、魔力こもっていて硬いもんだから骨折どころじゃ済みません。矢、こちらも魔力入りなうえに毒塗ってあるから致命的。

削り合いですねえ……ジリジリとガリガリと。

石が怖いからって上空へ上がれば雷魔法の餌食ですし、矢が怖いから全身鎧なんて着たら水魔法に侵入されて溺死です。我慢比べですな。

強いて言うなら、遠距離はエルフ有利で中距離は両者拮抗って感じ。石の威力減退的に考えて。

今のところは五分五分ですねえ。中距離戦で膠着していますから。

そして……ふうむ……どっちも使徒は温存か。駆け引きですな。

今回、ヴァンパイア側には攻防自在の『黄金』がいて、エルフ側には防御特化の『万鐘』サチケルちゃんがいます。これ、相性的にはやや『万鐘』有利。

その理由は最大ＭＰの差。『黄金』の全攻撃をサチケルちゃんは防ぎきってなお余裕あり。

ただ、『黄金』の側にも勝機があるにはあります。むしろ一発大逆転の可能性はヴァンパイア側にこそありまくり。

両者の召喚魔法の段階差に鍵があります。

『万鐘』が第二段階の《コール》系までしか使えないのに対して、『黄金』は第三段階の《サモン》系まで使えます。これがヤバい。段階上がるごとに魔法の威力は跳ね上がりますからね。

『万鐘』サチケルちゃんとしては先に『黄金』を動かして、確実に封じこめたいでしょうね。

逆に『黄金』は隙をついて大魔法をぶっ放したい。

どこで仕掛けてきますかねえ……って、おんやあ？

こっちへヴァンパイアが来ますねえ。

業を煮やして戦線を広げた感じかな？　数は百人くらいだから、一部隊がエルフ軍の側面へ回りこもうってがんばったのかも。

でも残念、ここにはクロイちゃんがいるのでした！

それに……ええと編集点的に説明したほうがいいんだっけどうだっけ……ええと、それにですね、今回は人間も軍で参戦しているのですよ！　い、言いましたっけ？

論より証拠！　ほうら、見てください。

騎兵が千六百騎と、歩兵が八百卒と……ものすごく怪しげな赤マント団が三百人。

最後の、何さ。

赤マントで黒い杖(つえ)で黒ブーツなのが三百人とか、怪人集団じゃん。職質不可避。

いや知っていますよ？　嘘(うそ)か真(まこと)か火魔法隊でしょ？　でも、昨日まではそんなマント装備してなかったじゃん……怖あ……どういうセンスしてんのさ、魔術師ェ……。

ん？　なんか、なまら凛々(りり)しい顔でうなずかれたんですけど？

お？　おおお？　一斉に魔法の詠唱始まった……けども……怪しいいいいい！　ものすごく胡散(うさん)臭(くさ)いカルト教団かなんかみたい！　黒い杖の撫(な)で方も激しい！　え、摩擦熱的な感じなの⁉

うおお！　出たあああ‼　三百本の赤い触手……じゃなくて火炎が！

火魔法、《火線》！

暮れかけ空に三百本の炎が放物線を描いていって……ヴァンパイアにシュート！

うっわ、凄っ。火炎地獄じゃん。

全弾命中ってより、これ、飽和攻撃だもの。ヴァンパイア百人まとめて大炎上だもの。魔法の火だから、魔法でどうにかしないと消えないし……っていうか、延焼ダメあるとはいえヴァンパイアがガンガン灰になって……？

あ、まさか！

ああ！　そのまさかだ！

火魔法って、ヴァンパイアに特効ありじゃん！

勝った。これは勝った。前に魅せプしたときは普通に剣で無双してたから、気づかなかったっす。でも気づいたら勝利大確信。

だってクロイちゃんってば武器に火属性付与する《火刃》持ちだし。常時発動させとけば……！

こうしちゃいられねえ！

黒馬にまたがり、敵軍へ突っこめー！　わあい！

武器は《アセプト・ブレード》で長剣二振り！　馬上二刀流とか与ダメ小さすぎて考察にも値しない浪漫(ろまん)スタイルですけども、でも、それでも《火刃》なら……！

ほら、やっぱり！　小ダメージでも与えれば即炎上ですよ！

あははは！　こりゃ酒入っていても勝てるわ！　ほら！　ほうら！　どうしたのヴァンパイア

さん！　訳がわからないって顔のまま灰になっちゃって！

おっと焼けないやつがいた。雷使いか。肉体強化系で抵抗したのかな？

でも甘あい。クロイちゃんのステータスを舐めんなって話。ちょいと集中してもう一撃すれば、ほら炎上だ。そっちの雷使いは、普通に首ちょんぱザシュー。あはははは！

あー、楽しい。

ドラデモやっている気がしないけど、楽しいもんは楽しい。

そっか。ずっとこうしたかったのかも……うん、そうだ。こうやって蹂躙したかったんだ。

さも自分は強者でございっていうヴァンパイアを、勝利の約束されたヴァンパイアを……魔神の兵隊たちを、しっちゃかめっちゃかにしたかったんだ。

エルフキャラでやっても、微妙だった。スッキリしなかった。

大勝した戦いでも、うまくやれたっていう満足感はあったけど、こんな爽快感はなかった。当然だよね。だってエルフも優遇種。

人間だから。

不遇で、劣等で、生きるも憐れ死ぬも哀れな人間だからこそ……今、こんなにも嬉しい。叫び出したいくらいに興奮する。

さあ、クロイちゃん。戦うんだ。

戦って戦って、全部をやっつけて、あいつに一撃喰らわしてやるんだ。思い知らせてやるんだ。

『黄金』なんて御大層な名前で呼ばれているあいつを……討たなければならない仇を……この戦場で絶対に倒すんだよ。

エルフなんてもう知るか。
サチケルちゃん？　今癒やしとか間に合ってるんで興味ないです。
人間の軍も……いいや。レアだけど、もう十分おもしろかったから、どうでもいい。
行くぞ、クロイちゃん！　行け！　このまま！

30 中弟は突破する、吸血の戦陣を／軍官は談笑する、希望を抱いて

神よ、力を。神よ、力を。
荒らぶる御心のままに、ワタシに、敵を打ち砕く力を。

◆中弟オリジス・II◆

強え。

なんだ、あの単騎駆けは。

ヴァンパイアを焼き払った魔法も強かったが、それを忘れるくらいにクロイ様が強すぎる。

圧倒的じゃないか。まるで、斬り果ての荒野に遊ぶっていう戦鬼だ。目に付く端から斬って燃やして滅ぼして、止まる気配もありゃしない。

だが、どこまで行くんだ。

まさか、ヴァンパイアの中を突っ切って、そのまま敵本陣まで駆けるつもりなのか？

嘘(うそ)だろ。嘘だと言ってくれ。

馬を庇(かば)うから……石だの雷だの食らっているじゃないか。

それでも無茶な駆け方をさせるから……馬の足、もう鈍りはじめているのに。

「兄者！　行かせてくれ！　頼む！」

「オリジス……よし、行け！　必ず追いつけ！　我らは南より面で押す！」

「おっと私らもお供しましょう。軍尉代行殿、よろしいな？」

「軍官殿……武運を！」

「お任せあれ！　はっはあ！　楽しくなってきた！」

軍官と砦の三百騎、ついてくる気か。

いや、ついてきて当然の連中か。彼らはクロイ様の後を追い駆けるためだけに、今ここにいる。

「全騎速歩はじめ！　隊形、横列！」

前進しつつ五百騎を横一列に。砦の三百騎は後列に控えさせる。

彼らは勇猛だが擲弾騎兵じゃない。火瘤弾の威力と範囲をわかっちゃいない。

駆けどころは俺が差配するよりない。

「焼炎筒、使用自由！　各々、斬り払って駆け抜けろ！　行くぞ！」

疾走。灰の散らかる地を、強く蹴り崩して。

ヴァンパイアもエルフも動きに精彩を欠いている。クロイ様の凄まじさが広く戦場をしびれさせている。ここで速度と距離を稼ぐ。

長柄をひと扱き。棒立ちのヴァンパイア、その首を刎ね飛ばしてさらに奥へ。

火炎の光。誰かが燃焼魔法を使った。使わなければならなくなった。騎馬の転げる音。黒狼か。

ヴァンパイアよりもむしろ眷属獣のほうが即応してくる。

前方に鉄棒を構えたヴァンパイア。俺を馬もろともに打ち据える気か。

舐めるな。

身を揺すって合図。跳ぶ。人馬一体となって敵頭上へ。

飛び越えざまに長柄の斬撃。手応えありだ。くぐもった絶叫。顔を両断してやったぞ。

さらに敵。黒狼が馬へ跳びかかってくる。その獰猛な顎を突く。上から貫く。

爆発音、後方から七つ八つと。誰かが火瘤弾を炸裂させた。

落馬した者たちだ。命令違反じゃない。群がられ、食い殺されるそのときに限っては、何をどう使おうが自由だから。最後の意地を示して散れるから。

クロイ様はあそこか。敵の深い所にいる。

敵が、そこへ集まりはじめている。

クロイ様は、敵に群がられる程度の速度しか出せていない。

「砦の！　ここまでだ！　迂回してクロイ様を目指せ！」

「それはいいが、そっちはどうする！」

「このまま敵へぶつかる！　攪乱するから、その隙を活かせ！」

「了解だ！　届いてみせるさ！」

当然だ。クロイ様のもとへ届く。もしくは一騎でも二騎でも届かせる。そのために駆けている。

「全騎！　楔の陣！」

俺を中央先端にして、横列から楔型へと尖れ。鋭くなれ。そして。

「続けぇ！」

さあ、死地だ。果てるべき地だぞ。

全速でぶつかる。身を屈めて、長柄を前へ突き出して、分け入っていく。

勢いがすべてだ。止まれば死ぬ。止まらずとも、鈍ればそれで死ぬ。

凄まじいまでの圧迫感。勢いを殺されそうだ。そのたび、誰かが俺を庇って死んでいく。その死に際に魔法を閃かせるから、そのたびに加速して、遮二無二突進していって。

突き抜けた。ヴァンパイアの群れを突破した。

何骨を討ったのかも、何名が逝ったのかも、今は何も振り返らずにただ前へ。まだ行ける。クロイ様を見失っちゃいない。

だが……あれは厄介だな。

前方に厚み。壁のようにヴァンパイアが密集している。重装備の個体も多い。

槍の柄を噛んで焼炎筒を取る。両手で握りしめて、魔力を……俺の滾る心をそのままに込めて……よし、お見舞いするぞ。俺の最大の魔法を。

燃焼魔法、《火災》。

投擲した焼炎筒から、炎。後から後から炎が溢れて、何もかもを巻きこみ燃え広がっていく。

どうだ。家一軒を呑みこむほどの火炎だぞ。《猛炎》を使おうとして、器用にはいかなくて、いっそのこと力一杯にって燃え上がらせた結果だ。

まあ、ただの火でしかない。致命傷にはならないだろうよ。

だが、お前ら、火が怖いんだろう。腰が引けているのがわかるぞ。

俺たちは逆だ。火にこそ強く魅せられて、こうして命を懸けている。

「縦列！　燃え上がらせろ！」

さらに《火災》を使う。何人もの《猛火》がそれに続く。そうやって火炎を育てていく。燃え盛らせていく。家の大きさから長屋のそれへ。もっと大きく。もっと。

考えてみれば、こんなふうにして、俺たちは強く大きくなってきた。

綺麗だ。本当に綺麗だ。自分をくべることが誇らしいくらいに。

「全騎！　火車の陣！」

大火炎を右手へ見続けて駆ける。

焼かれ戸惑うヴァンパイアへ攻撃を加えつつ、右回りの周回だ。

石や雷が飛んできても、怪力にまかせて跳びかかられても、駆けることをやめない。やめてなるものか。何騎欠けようとも、周回を途切れさせやしない。

どうした、もっと来い。集まってこい。火を育て火を背負う俺たちのところへ。

それが人間と向き合うってことだ。俺たちと戦うってことだぞ。

砦の三百騎は……もう二百騎くらいだが……いい位置にいる。合わせろよ。

「火瘤弾用意！　投擲、自由！」

今だ。渾身の《爆炎》を撒き散らせ。

光を、音を、熱を、衝撃を、思うさま叩きつけてやるんだ。叫んでもいい。むしろ叫べ。

人間を、思い知らせてやれ。

◆軍官ヤシャンソンパイン・I◆

人間様を舐めんなよ、ボケかす吸血獣どもめ。

「見たか、諸君！　無論見たよな！」

致死の原を駆けたにしては残ってる兵たちへ顔を見せ、彼らの顔を見て。

「この私、カッコイイパインは目撃したぞ！　ウィロウ家の三男坊が大爆発する劇的な場面を！男とはかく終わりたいものだな！」

くだらないことを言い、言い返されるのを期待して待つ。

「いやいや、三男殿は健在ですぞ！　あれは自爆ではないでしょうよ！」

「というか、カッコイイ誰ですかねえ。ヨクシャベルパイン殿なら隊長だが」

「擲弾騎兵、あれは素晴らしいもんですなあ！　誉めそやすべき兵科だ！」

「然り然り、我らに美味しいところを譲ってくれるところなぞ、親切極まる」

よし、楽しいな。

これで十分だ。これで笑って突撃できる。

「諸君！　ここからは抱擁の競い合いだ！　優勝者は凛々しくも麗しき最強のクロイ様を抱き締められるぞ！　それ以外は、そこら辺のやつとよろしくやってくれ！　まあ、なんだ、愛と性癖にはいろいろとあるからな！　私は理解のあるほうだ！」

景気づけの大笑いも、これでよし。思い残すこと何もなし。

「いざ！　掛かれ！」

ひと塊になっての突進だ。

それなりに自信のあったこの駆け方も、擲弾騎兵のそれに比べればいかにもひ弱で鈍重だな。

だがまあ、やりようはある。

こっちに気づいたあれやそれやの吸血獣へ、外側のほうの騎兵たちよ、よろしく頼む。

槍で行け。ダメなら馬ごとぶつかってけ。それでもダメなら組み打ちだ。よし、できるだけ粘ってくれよ。可能なら殺してくれ。噛みついてでも阻んでくれ。

先へ。先へ。まだ行ける。これは届く。

ウィロウ家の三男坊は実に見事な仕事をしてくれた。吸血獣どころか、眷属の狼どもまで気もそぞろなんだから。

いた。見えた。クロイ様。既にして馬を失い、徒歩兵での孤軍奮闘。

凄(すご)いもんだ。いや本当に凄い。

少女斬遊。破魔の舞。

踊るようにして魔物を殺す。悪夢を祓(はら)うは黒髪の広がり。

妖魔を討つは白刃の閃き。人間の絶望をかくも鮮やかに打ち破って……ね。

フェリポ君の酔っ払ったような修辞も、なるほど納得だ。

吸血獣に囲まれてたって一歩も退(ひ)きゃしない。

次から次へと新たな武器を生じさせて、敵を斬る。敵を燃やす。舞い散る灰の中で戦い続ける。

血に塗(まみ)れてたって気にもしない。神気がほとばしって、まぶしいくらいに白熱してる。

激情だな。

クロイ様は、人間の筆頭として、激しく咆哮を上げてるんだ。

ありがたい。心底からありがたい。

ガキの時分から、私も憤懣やるかたなしなんだ。

少しでも世界が見えてくると、どうしたって納得できなくなるからな。人間、軽んじられすぎだろうって。人間、弄ばれすぎだろうってさ。

私も叫び続けてきたんだ。

実際に声に出すと、そりゃまあいろいろと問題があって、実家を叩き出されたり神学校を追放されたりもして……黙れば黙ったで内に溜まるだけの話でさ。

皆、そうだろうよ。世界から目を背けず生きようとするやつは、誰だって堪えられなくなる。

弱いだけなら、いい。諦めもつく。だが、強いやつらにバカにされながら生きるなんてことは、許容できるもんじゃない。

私を舐めるな。私の大事な人を侮るな。

私にまつわるもろもろを、価値があると認めたすべてを、蔑むな。

人間を見下すな。惨めな存在に、するな。

そして今、とくと御覧じろだ。

クロイ様は凄いだろう。私たちの代表だぞ。私たちの代弁者なんだぞ。

だからさ……クロイ様、ここはこれまでに。

叫んでほしい場所はここだけじゃないんです。クロイ様に倒してもらいたいやつは他にもいて、クロイ様を知らしめたいやつらもまだたくさんいるんですよ。

　こんな場末の戦場で、叫びきって終わらせるなんて、させたくないから。

「行け！　諸君！　行ってくれ！　クロイ様はあそこだ！」

　生き残った騎兵たちに決死の体当たりを頼んで、吸血獣の爪からなんとか逃れて、むりやりに強引に駆け入って、腕を伸ばして。

「よし！　私、優勝!!」

　やった。クロイ様を抱き上げたぞ。

　あとは一目散だ。駆けろ駆けろ駆け抜けろ。邪魔すんな吸血獣ども。邪魔しろ兵士諸君。

　私を通せ。私の腕の中にいる、腰が細くて身体（からだ）の軽い御人を……それでいて私たちの想（おも）いをすべて背負ってくれる御人を、ひと息つけるところまで。

「……クロイ様、焦っちゃいけません」

　見えた。南から攻め上がる人間の軍の土煙。魔法部隊を擁する本陣。

「勝負は、最初から最後まで勝ち続ける必要なんてないんです。ここぞってところで、しっかりと勝てばいい」

　後ろには……なんだ、もう一騎もついてきてないのか。

　どいつもこいつも抱き締めたい放題にやったんだな。それもいいさ。

「機会をうまいこと整える役割は、なあに、ウィロウ兄弟やフェリポにやらせりゃいいんですよ。そのために、皆、いるんですから」

　本陣へ合流するにはまだ難所がある……いや、大丈夫だ。三男坊の隊が追いすがってきた。いやはや凄い勢いだな。

なあ、いいだろう。私な、今、クロイ様を腕に抱いてるんだよ。

「私たちはここまででしたが……また一緒に戦わせてくれるんですよね？　そういうもんだって、オデッセンさんから聞いたんですよ。是非にもそうしていただきたいです。いや本当に」

ちゃんと笑顔になってるよな。

寒くて震えがくるから、頬がしびれて、あまり笑えてる自信がない。

喉も渇く。出血しすぎるとこうなるのか。腿と背中に穴開いてるからなあ。

「それじゃ、このまま真っ直ぐ、行ってください」

クロイ様を鞍にまたがらせて、最後に馬の尻をひと叩き。

嘶きを聞いて下りる。いや落ちた。あんまりカッコがつかないな。まあいいさ。これもいいさ。

さーて、と。

最期の相手、吸血獣がよかったんだが……私には黒狼くらいがお似合いか。

さあ来い。一匹だって通さないぞ。

「くくく……ははは！　ああ楽しかった！　人間、万歳だ！」

31 神官は称賛する、勇気の軍を／竜侍は承認する、火の種族を

ワタシはすべてを捧げてここにいる。

もう、失うものなんて、何もないはずだったのに。

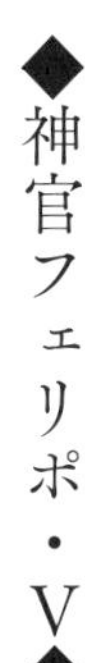

クロイ様のご帰還は、オリジス隊の援護によって成功しそうですね……なにより。

それがなによりのこと。たとえ何を犠牲として支払おうとも。

ヤシャンソンパイン君……よくぞ。

あれほどの敵の中から、よくぞクロイ様を。

そして数百骨数百頭という戦力が、眼前のエルフを無視してまで、クロイ様とオリジス隊を追ってきますよ。ヴァンパイアは明確な脅威としてクロイ様を認識しましたね。あれだけの力を見せつけたのですから、当然でしょう。

望むところです。護り、戦うだけのことです。

聖槍を右手に、大盾を左手に、このフェリポ・ヴァルキ・ミレニヤムは一歩とて退きません。

率いましたる歩兵の数は五百卒。中軍前列ですからね。

敵が凶暴に殺到してきます。ここへ目がけて飛びこんでくるのでしょう。

散発的な戦いはここまで。もう、擲弾騎兵に任せきれなくなります。

兵たちのうめき声が幾つも聞こえていますね……歯の鳴る音まで。

「全軍停止！　隊伍を固めよ！」

いい声です。ウィロウ卿の声は右翼からでもよく通りますね。

「ここでオリジス隊の追っ手を迎撃する！　左翼、マリウス隊、適宜小隊を出せ！　敵を牽制し、戦場の幅を限定しろ！」

「委細承知！」

普段の寡黙さは、戦場でかくも響き渡らせるための我慢でしょうか。

なんという力強さ。なんという心強さ。

「魔法部隊、連発を想定、準備せよ！」

「おうとも！　お前ら、新品の杖でやるぞ！　魔力を馴染ませろ！」

オデッセン殿の声もまた、実にいい。頼もしい。

普段は斜に構えた言動が多くとも、切羽詰まれば人間としての地金が出てきますね。

彼もまたウィロウ卿と並び称されるべき英雄です。封じられてきた燃焼魔法を詳らかにした功績は、あまりにも大きい。

「歩兵各隊！　徹底防御態勢！　敵は抜けてくるぞ！」

厳しい声。命の責任を負う者の響き。

そして、言うとおりでしょうとも。オリジス殿を追う敵は多い。騎馬隊がどう動こうとも、あれら一匹一骨を残らず討てるはずもありません。

「おうさ！　後列、義勇軍！　命の使いどころだ！　歯あ食いしばれ！」

いかにも叩き上げという、ザッカウ兵長の声。奮起を促す厳めしさ。

さもあらん、人外の軍勢に対して騎乗せずに立ち向かうのですから。踏みとどまるのですから。

「おい、司祭殿はどうした！　前列！　声が聞こえねえぞ！」

僕の声ですか。しばしお待ちを。少々整えているところです。

なぜならば、声とはすなわち原初の魔法。人から人へと伝わって、その心に直接的な影響を及ぼすもの。人を人間たらしめるものの内の、とても大事なひとつ。

声よ、魔法たれ。強き魔法たれ。人間の魔法で、あれかし。

しからば、火を。声に魔力を宿すべく、火を。

我が弁舌を、真実、人間だけに許された火の魔法とするために、心燃え立つものを。

つまりは心火を。

今の僕ならばできるはず。荒れ狂う心を整え、力だけを汲みだして。

魔力を滾らせて。火を吐くようにして。

「強者よ！　決戦に臨んで勇気凜々たる強者たちよ！　見事なる勇者たちよ！」

轟け、我が声。我が言葉。

「我々は能く闘う者なり！　鋭き刃を手に、猛く挑む者なり！　正しき人をその背に守り、悪しき敵を討ち果たす者なり！　まさしく我々は、火炎を宿す者なり！」

届け、強き言葉。良き意味。快き響き。

「すわ、この地に陣を構えよ！　なんと堅固なるかな！　すわ、この地に列を成せ！　なんと剽悍なるかな！」

おお、神よ。火が見えます。

我が心中より発した透明の炎が、兵たちを呑みこんでいきます。心を焼き、盛んにして、更なる炎となっていきます。

「いざや！　我々は征く！　人間の勝利のために‼」

返答は、熱狂的なまでの、真の言の葉。

デ・アレカシ。デ・アレカシ。デ・アレカシ。

そうあってほしいと願う、希望の表明。その連呼。咆哮のような。

開拓地の義勇兵たちが、雇い上げた傭兵と冒険者たちが、選抜の火使いたちが、黄土新地から来た兵たちが、皆猛り立っていますよ。擲弾騎兵諸氏はさすがに自制が利いているものの、それでも熱意は伝わってきます。

これを魔法とするのなら、火魔法《熱戦》といったところでしょうか。

もはや恐怖も不安も消し飛んで、士気は天を衝くようですね。

ここまでの熱気を制御するなど、僕だけでは心もとないこと甚だしいですが。

「全軍傾聴！　剣槍構え！　敵が来るぞ！」

ウィロウ卿がいます。統率に支障などあるものですか。

「魔法部隊、斉射三連、用意！」

さあ、ここからは歩兵の働きどころです。盾を構えて。槍を握って。

「放て！」

いざや、戦うのみですよ。

◆竜侍フレリュウ・Ⅳ◆

なんだ、あれは。なんなのだ、あれは。

戦空に孤を描き、戦地を焼く魔法の炎……ニンゲンの火魔法……まるで火竜ではないか。神話の中で語られる、魔王の眷属にして神をも畏れぬ悪竜の。

吸血種どもが、次々、灰と化していく。

エルフのいかなる魔法を受けてもしぶとく抵抗するものであるのに、まるで落ち葉枯れ草のあっけなさではないか。先にはエルフですら焼かれた火だから、今のこれは当然の帰結なのか。

燎原を越える影。黒狼か。火を避けえた吸血種も走る。

あの獰猛さこそがやつらの本性だ。大陸の秩序を乱す獣性。

エルフの誰しもが嫌悪し、同時に恐怖も抱くというのに。

速き騎兵が、疾く、迎え撃つ。

エルフの鮮やかさとは別の、鋭き戦技。

私はそれを知っていたはずだ。あの夕闇の市街戦。目撃し、理解したはずだぞ。しかしこれほどではなかった。魔法すら使うなど……エルフや吸血種の戦士と同じではないか。

そして、あの戦意の高さは、なんだ。

轟々(ごうごう)と森を焦がす炎のような、兵気。

徒歩兵など、いい的であり、益体(やくたい)もない存在ではなかったのか。

どうしてああも強靭(きょうじん)に戦えるのだ。黒狼に押し倒されても、吸血種に引き千切られても、悲鳴も上げずに抗(あらが)うなど……エルフの戦士に同じことができるだろうか。

火を操り、馬を駆って鋭く、炎のごとくに戦う種族。

これがニンゲンか。

これがニンゲンなのか。

エルフと比肩する来歴を持つ種族が、神の加護を得た姿なのか。

そうだ。そうに違いない。私はニンゲンの使徒を知る。黒髪の、とてつもなき戦士を。エルフも吸血種も区別なく斬り裂く、最大の脅威を。

クロイ……ニンゲンの使徒のクロイ。

強い。あれは強い。

吸血種がまるで相手にならなかった。

無限に生ずる武器を振るって斬り殺し、焼き殺す様は、まるで刃の火嵐だ。獲物を引き寄せて、無残に滅ぼし吹き飛ばす。

召喚術をもって近接戦闘を仕掛ける、か。

エルフの戦闘流儀からすれば、まったくありえざることだ。

むしろ吸血種のそれと似る。エルフ三使徒の御方々を悩ませる吸血種の三使徒……どの一石も、魔性の武具を召喚するという点は共通しているのだから。

「フレリュウ、フレリュウ！」

「は、はい、ここに。サチケル様」

しまった。呆けていた。それほどの光景であるということだが。

「人間の軍へ、連絡を……急いでこっちゃ来るよう！　あのように前へ出てしまっては、わりゃの術が、届かん！」

「お言葉ですが、ご覧のとおりの優勢にございます。御指図を下されなくとも……」

あの軍を近づけることは、危険だ。

休息でもするのかクロイが帰陣したようであるし、ある程度の距離を空けておくべきだろう。皆も動揺している。

「バカ！　空を、空を見るのじゃ！」

空。染まりはじめた日の色を受けて、赤く……赤黒く汚れている。分厚く、うねるような黒雲が、空を覆い尽くしている。

いつの間に。いや、見る間にさらに。

「あやつじゃ！　あやつが雷雲を召喚したのじゃ！」

あやつ。『黄金』だ。悪岩の長『黄金』が動き出した。

「早く人間たちに……ああ！　来ちゃう！」

曇天がおどろおどろしく唸るや、閃光と衝撃。何度も。何度も。誰もが目をつぶり身構えるより他に術もない。圧倒的なまでに暴力的な、雷魔法の乱れ撃ち。

しかし、我が軍にはいかなる痛痒もないぞ。

なぜならば無数の浮鈴(クラゲ)と空鑼(マンボ)が滞空しているのだ。悠々とな。あれほどの落雷をすべて受け止め、内側にはわずかたりとて電気を通しはしない。

神聖にして厳かなる『万鐘』の御業(みわざ)だ。サチケル様の素晴らしき御力だ。

ニンゲンは……さすがに崩れたか。

騎馬も、徒歩兵も、火使いも、関係なしだな。

いかなる武装でも防げない威力というものがあって、『黄金』が召喚術を用いて落とす稲妻とはまさにそういう種類の攻撃なのだから。

だが、無差別攻撃だ。

ニンゲンの被害も相当だが、そこへ攻めかけていた吸血種たちとて酷(ひど)い有り様ではないか。どれほどの力であろうとも、野蛮粗暴の結果しか生まぬのならば、それは唾棄すべきものでしかない。

ここで本陣の一千石が動くか。予想どおりだ。あれは『黄金』と共に動く。

あれへの対処を誤らなければ、この戦、こちらの勝利となる。

「フ、フレリュウ……！」

サチケル様。このような野戦は初めてのことなれば、ご心労をお察しして余りある。

「竜帥の権をもって、そなたに、命ずる」

サチケル、様？

「人間の軍を助けよ。怪我人(けがにん)を救けよ。そして退くのじゃ。殿軍は、わりゃ。黙れしゃべるな命令じゃ。わりゃは、べすとを尽くして、引き分けるのじゃ！」

32 騎士は疾走する、速く鋭く／末弟は差配する、敏(さと)く賢く

神よ、そこにいるのですか。

神よ、どうして、ワタシは動けないのですか。

◆騎士アギアス・VI◆

頭痛を伴う耳鳴りと、鼻をつく異臭。四肢がしびれ、鈍く痛む。

視界に焼きついた紫色を瞬(まばた)き払うと……見えてくるのは惨状だ。

何百人という兵が倒れ伏し、地には破壊の爪痕がひび割れのように広がっている。誰も彼もが朦(もう)朧(ろう)としている。うめき声が地を這(は)っている。

これがヴァンパイアの使徒の力か。これがあいつらの奉ずる破壊の力か。

凄(すさ)まじい威力だが……甚だしく幼稚でもある。

慢心が透けて見える。いい加減さが見て取れる。

あの日、暮れなずむ開拓地の空に見上げたエルフの大魔法……精緻を極めつつも気宇壮大な音曲詩想……あれとは比べるべくもない。

身体(からだ)こそしびれ痛むものの、心を打ちのめされるような衝撃は何ひとつとしてない。

ただの力任せだ、これは。

かかる暴力を制するためにこそ、私は軍学を修め武芸を磨いてきたのだ。

粗野なばかりの大魔法など、このアギアス・ウィロウの心胆を寒からしめるものではないぞ。

「全軍、方円の陣！　負傷者を内側に！」

見る限り、軍は半壊だ。

新地義勇軍と開拓地歩兵の被害が大きい。

落雷の性質を鑑(かんが)みれば、長槍(ながやり)を立てていた者の多寡が影響したのかもしれない。旗持ちも軒並み倒れているし、フェリポ司祭も足腰が立たないといった様子。

残存戦力は……一千数百といったところか。

その内の最大はマリウス隊の四百騎余りだ。オリジス隊の援護にと、隊を細かく展開していたことが幸いした。

次いでオリジス隊と魔法部隊のそれぞれ二百数十だが……あれは下げたほうがいいだろう。まともに立てない者が多い。魔力の消耗が影響しているのかもしれない。ありうる話だ。自然現象としての雷ではなく、魔法の攻撃であったのだから。

我が隊は……ふ……点呼をとるまでもなく全騎揃(そろ)っているな。

いかなる攻撃であれ当たらなければいいだけのこと。クロイ様よりそう指導されている。

そのクロイ様は……馬上にあって身じろぎもしない、か。

血と汗に塗(まみ)れて、黒髪もまたそよとて揺れない。心の動きが見えない。傷だらけの軍用外套(がいとう)を見れば、先の一騎駆けが激闘であったことは知れるが。

何かが虚(うつ)ろだ。まるで闘志が感じられない。

垂れ下げた手から、剣が離れて、地へ落ちるよりも早く消えていく。

ここが……決断の時か。

「全軍、これより後退する！　オリジス、後退の指揮を執れ！　マリウス隊は遊撃として敵を牽制(けんせい)しろ！　後退はじめ！」

弟たちよ。同志たちよ。クロイ様のことを頼むぞ。

その少女は希望だ。まだ確固たる現実とは成りえていない、遠く遥(はる)かに望む輝きなのだ。

我らはそれを希求し、それに祈願し、それへ献身する。そうせずにはいられないから、ここに集っている。あるいはここで死んでいく。

そして、戦いは今日のこれきりではない。

勝ち戦も、負け戦も、我らは何度となく繰り返すだろう。

当然だ。この絶望に満ちた世界で回天を企てるのだ。勝ち続けることも、一度きりの勝利で決着することも、できようはずがない。

世界はそれほどに単純でなくていい。しぶとく挑み続けたその果てに、回天を。

その覚悟をもってして……我らはこれより鬼となるのだ。

「全騎、抜剣」

雷火に洗われた荒野を、新手が迫り来る。ヴァンパイアと黒狼(こくろう)。どちらも人間を喰(く)らう怨敵だ。

多くの同胞を牙にかけ、今、我らの希望を害さんとして口腔(こうこう)をさらす。

その憎き有り様に用があるぞ。

駆け行く。

隊形も戦術も命ずるまでもない。この二百騎は古参の中の古参だ。歴戦の中の歴戦だ。特別な訓練も、共に他より何倍と積んできた。

人馬一体の我ら二百騎は、もはや、強力な一騎のごとし。

血に飢えた黒狼の群れなど当たるに造作もない。ひと塊の馬列のまま、ただ斬り払う。

実際に斬ったのは私の他の誰かだ。しかし手に斬った感触がある。斬る意思がつながっている。駆ける心が同調している。

四方から投石。横合いからのものは意に介する必要なし。速度で避ける。

正面からのものは最小の迂回(うかい)で避ける。単純な直線の攻撃。間に合わぬ一騎とてなし。

そして、鈍器に持ち替える間も与えずに、斬る。数騎による連斬となる。

おう、正面にヴァンパイア百骨。手強(てごわ)げなたたずまい。騎馬の勢いを止めようてか、隊伍(たいご)を密にして低く構えているが。

真(ま)っ直(す)ぐにぶつかる必要はない。ふたつに分かれれば事足りる。

私は左方の先頭を駆けて、槍も振るわずに、ただ思うのだ。ここは火瘤弾(かりゅうだん)のひとつふたつでいいと。放るのは、まだ……まだ……今だ。

爆発。左右から一発ずつ放られての二発分。そしてもう馬首を返している。右方の百騎も同様だ。

《爆炎》によって混乱した敵集団を挟み、すれ違うようにして、縦列で突っこむ。

やすやすと突破して、百騎をまたふたつに割る。五十騎による殲滅(せんめつ)編隊。それが四つ。素早く敵を切り裂いていって。

一骨躍り出てきた。命令を口にする隊長格。その手に魔力を生じさせたところへ。直伝《焼薙》。隣の一骨も巻きこみ一撃にして二殺を為す。

野は騎馬の領域なれば、ヴァンパイア、恐るるに足らず。

また二百騎、ひとつの馬群となる。次の敵はあれか。あの敵集団。散り散りの敵はマリウスの対処に任せていい。我らはまとまりを崩す。脅威を潰す。

兵装のあるうちに。馬が駆けられるうちに。

征くぞ、怨敵。

◆末弟マリウス・II◆

まるで流星のようだな、アギアス兄上は。研ぎ澄まされた機動は光の軌跡だ。

「各小隊、それぞれに迎撃！　一骨一匹、確実に！」

ぼくはまだ、あんなふうには駆けられない。オリジス兄上も。

軍の主力は騎馬なのだから、つまりあれこそが最精鋭なんだ。ここぞという場面で出撃し、必ず勝ち、そして帰還しなければならない部隊。傷ついてもいけない部隊。

「負傷した者は本陣の護衛へ！　無理は禁物だよ！」

一方で、ヴァンパイアとの戦いを経験した兵たちが方円を組んで退いている。

彼らもまた大切だ。これからの戦いを左右する者たちだ。

「弾と筒、使い惜しみなく！　補給は本陣で！」

ぼくの役割は、どちらもがうまく退けるよう戦場を調整することだね。被害を肩代わりすることも視野に入れて……おっとあの敵はよくないな。

「十騎、続け！　回りこもうとするあの一骨を討つ！」

一瞥（いちべつ）だけ、クロイ様を。

うん。切ないね。

瞳の奥に赤々と苛烈な炎が、今は乱れて、いかなる動きにも結びつかないでいるけれど……言うなればそれは感傷なんだ。

「左へ斬り抜ける！　集中！」

人は、心を持って生きている。心には色があって、それはとても多彩だ。鮮やかであればあるほどに、人を動かす。楽しければ楽しげに。悲しければ悲しげに。

「疾（し）っ！」

クロイ様の心は、激しい怒りの一色きり。きっとそういうふうに思い定めてきたのだろうけれど……それは違うとぼくは思うよ。今の様子がその証左さ。

だって、人は心の移ろうときにこそ、感傷的になるんだから。

「よし！　次！　あの三匹！」

感傷を色にたとえるのなら、それは透明。静かな虚ろ。

心がどの色にも染まらないがゆえに、人は、動けなくなるんだ。

「あれは……あの小隊へ加勢する！　焼炎筒用意！」

クロイ様は神じゃない。人だ。人間の使徒だ。心の移り変わりがあって当たり前なんだ。そうでなければ、本当の意味で怒ることもできない。人間でなければ。

いや……もしかすると……神だって同じかもしれない。

人間のために降臨して赫怒（かくど）する……心を伴っていなければ、それは真実じゃない。

「ヒトめ！　ヒトどもめ！　愛（う）い弟の仇（あだ）じゃ！　滅べ！」

ああ、あれは難敵だ。ただ強いだけじゃなく、殺意に報復の決意が乗っているもの。怒れるヴァンパイア。怪力をより強大にしている。もう四騎も討たれている。

ぼくは、彼ら四名の仇を口にして、仕返しを遂げてもいい。

でも、しない。ぼくが焼炎筒へ込める魔力には、哀の色も混じるから。

燃焼魔法、《青燐（せいりん）》。

「な、青い火!?　青い火の玉が、ふたつ三つ、ゆらゆらと……我を追って……！」

その火は執拗（しつよう）だよ。こういう怒りもあると知るといい。叩（たた）きつけるような、壊れてしまいそうな激情だけでなく、しっとりと浸透していく怒りもまたあるのだと。

「おおお！　毒か！　毒の火か、これは！　う、動けぬとは……！」

明察だ。そう、オリジス兄上に言わせれば、ぼくは陰険らしくてね。

燃やして終わりなんて嫌なんだ。きみたちはもっと惨めでいい。

「小癪（こしゃく）な……ヒトめ！」

そして、ぼくは狡猾（こうかつ）でもあるそうだ。

ぼくを威嚇するきみの首は、そら、部下の一騎が背後から刎（は）ねてお終（しま）い。残念だったね。

「小隊は負傷した者を本陣へ！　その後は……その後はぼくを追え！」

クロイ様。ねえ、クロイ様。

すぐにまた駆け出すに違いないあなたのために、ひとつだけ、祈るよ。

心のままに。

神宿すその心のままに、激しく美しく、在れかし。

「各小隊、そのまま適切に行動せよ！　ぼくらは、あれを牽制する！」

ヴァンパイア軍の本陣。『黄金』の潜む一千骨。動き出した先は、エルフではなく人間だ。あの『万鐘』の防御を嫌ってのことだろうね。

いくらアギアス兄上でも、あれとぶつかってはひとたまりもない。

だから、誰かが犠牲になって注意を引かなければ。

「待て！　しばし待て、ニンゲン！」

空から声。この雷雲うごめく空を飛ぶとは、随分と酔狂なエルフだ。

「あれには我が軍が当たる！　貴官は、後退する仲間を援けるがよかろう！　既に救護の者も向かわせてある！」

竜侍官。幾葉もの飛行者を連れて、なんとも今更な申し出だけれど。

「了解！　任せます！」

「うむ！　任された！」

笑顔のうなずきひとつでこちらの被害が少なく済むのなら、安いものだね。

憤懣なんて、腹の底に留めておけばいい。

忘れずにいて、いつか晴らせばいいだけだから。

33 ドラデモ的夢と現実と心と真実について

信じる。ワタシは神を信じている。

だから待つ。待てる。神は人間を見捨てない。絶対に。

◆ドラデモ実況動画・その五◆

あーあ。人間軍、ボロボロじゃん。

そりゃそうだって話ですよ。だって相手が『黄金』ですもん。

《コール・サンダークラウド》からの《天雷》乱れ撃ちは絶対警戒コンボ。撃たせないようにしないと。ド派手な演出の割に命中率は悪いので、半分魅せスキルですけどね。

そして『黄金』さん、御輿（みこし）に乗ってのご出陣ですか。セレブですねわかります。

美女を抱きながらとかゴージャスですね。ヴァンパイアって同性愛がデフォですしね。

ふむーん？　エルフの軍が前進？

いやいやなんでさ。エルフ、会戦じゃ遠距離戦がメインじゃん。それが伝統芸能で様式美じゃん。あとは森林でのゲリラ戦。ステンバーイしてゴーでビュリホ。

ほほーん？　イケメン騎士がむっちゃがんばっていますねえ……機動防御ってやつ？

いろいろと勝手に動きますなあ。

セオリー無視もいいところですけど、そもそも人間軍がヴァンパイアとガチンコできること自体がおかしいですからね。何か支援効果が入っているっぽいですし。ツッコミどころがあっちにもこっちにもって感じ。

まあ……どうでもいいですけどね。もう。

やる気ナイイですからね。もう。

人がせっかく楽しく突撃したのにさ？　馬リタイヤしちゃうし。

それでもバリバリ無双していたのにさ？　モブに激しめの拉致されるし。

しかもそのモブ、黒狼（こくろう）に群がられて惨（むご）いことになったし。

そりゃあ、あのままだったら、クロイちゃん死んでいましたよ？

だってＭＰやばかったもの。

《アセプト・ブレード》を連発しつつの常時《火刃》はさすがに消費が激しくて。しかも何やかや魔法仕掛けてくるから《内燃》で麻痺（まひ）だの腐敗だの打消しまくりでまた余計に消費して。体力も《内燃》で支えていて。

それでもさあ、いいじゃん。もうそれで。

楽しかったんだよ。ギリギリの勝負をしていたかったんだよ。

攻撃一発、回避一発に無我夢中になってさ……何も考えないで、ブワーって、終わっちゃいたかったんだよ。

先のことなんて考えたら、ゲームなんてしないだろ。

何も考えたくないから、ゲームするんだろ。

楽しいだけでいいだろ。ゲームなんて。

はあ………なんで泣いてんだろ。

やっぱり開拓地がもったいないからなのかな。すんごくレアだし。発展してきていたし。変なNPCも多いし。凄くがんばっているし。見ていて……楽しかったし。

でも、もう今更かな。

負けるもの。

ヴァンパイアがエルフをガンガンに押している。

そりゃそうだよ。エルフが近距離戦なんてアウトボクサーがインファイトしにいくようなもの。さもなきゃスナイパーが力士とハッケヨイ。もしくはゲーム実況者が歌ってみた。あ、心の傷が。

人間軍はその隙に退却してくけど、無理だよ。『黄金』は一度目をつけたらまっしぐらだもの。

ほらまた《天雷》が来る。はい、これにて試合終了……んは？

おお！　サチケルちゃん！　ナイス防御！　素敵ディフェンス！

っていうか、なんで君、そんなところにいるのさ。『籠城名主』の異名もあるくせに、野戦に出たどころか最前線じゃん。やる気満々じゃん。

え、もしかしてなんとかなるの？　なんとかしちゃうつもりなの？

あ、やば、ヴァンパイアの強襲部隊が……うお、凄っ。

イケメン騎士と『鷹羽』のタッグとか超強い。えげつないレベル。空と陸が両方そなわって最強に見える。わわ、火魔法も発射だ。サチケルバリヤーの内側からとか、これもえぐい。

お、おお……火が燃え広がって、エルフ軍が下がる余地も出てきたじゃん。

むりやり通ろうとしたヴァンパイアが燃えたよ。オフェンシブな結界になっているよ。

退却、できそうじゃん……なんとかなりそうじゃんか。

人間軍もエルフ軍も、そりゃもうボロボロで。普通にゲームオーバーの気配で。

そうでなくても、ここまでダメージがあると……全部なかったことにして最初からやり直したくもなるはずなのに。

なんで、こんなに目が離せないんだろ。

なんで、こんなにも応援したくなるんだろ。

おおお……やった……人間軍、開拓地に入れた。入れちゃったよ。

ヴァンパイアの攻撃がものすごいけど、エルフ軍、めっちゃがんばって防いでいる。

サチケルちゃんもＭＰきついだろうに、また召喚魔法重ね掛けとか大天使すぎる。

水堀に架かった橋も落とした。完璧な対処。この水堀、敷設型の強化《流界》だもの。ジャンプしても無駄どころか、低レベルの石魔法なら跳ね返しちゃうもの。

これで膠着（こうちゃく）、と。

もう夜になるけど、ヴァンパイアも無理攻めできるわけがない。『黄金』だって相当に消耗しているし、兵力も千あるかないかだし。

水堀は水魔法のブースターにもなるから、中遠距離戦にエルフ側の隙……無し……？

え？

え、ちょ……え？

なんで、北門のところ、そっちの橋、落とさないの？

え？　なんで守備兵が……人間の兵が、エルフ兵に殺されてんの？

なにやってんの？　ねえ、そこでなにやってんの？

ヴァンパイア気づいちゃったぞ？　北へ回りこんできているぞ？

入ってきちゃうぞ？　あ、ほら、入ってきちゃったぞ!?

おい……おいお前！　モブ将官の！

アルクセム!!

お前、お前、なにしてくれてんだ!!

ヴァンパイア、めっちゃ暴れはじめたぞ！　人間が、開拓地の人たちが、あああ！　どんどん殺される……食べられちゃう！　軍は、気づいたけど動きが鈍い……そりゃそうだよ、ようやく助かったってとこなんだから！

え？

え、うわ……まじかよ。

お前……今、このタイミングで、橋落とすのか。

ヴァンパイア軍が全部入ったところで、橋落としたのか。

それってさ、エルフはいいよ。水堀を渡るのなんざ余裕だよ。そういう加護ついているもんよ。

実際、逃げられているよ。混乱して、我先な勢いで外へ逃げているよ。

でも、人間は、無理だよ。

ヴァンパイアみたいなペナルティはないけど、飛べないから普通に無理だよ。

泳いで渡るの大変だよ。しかももう暗いよ。ヴァンパイアも襲ってくるよ。落ち着いて泳げるやつなんて、ごく少数だよ……逃げらんないよ。

そこへ、お前、攻撃すんのか。矢と、風魔法と、水魔法で……無差別に。

よーし『黄金』を袋叩（ふくろだた）きにしてやるぞーってか。人間もろともにか。

あ、ははは……あはは……すげー。すげーなアルクセム。なんだお前。ドラデモ制作チームの申し子かなんかか。どんだけだよ。どんだけ人間の敵なんだよ。

もう……いいや。

もう、もう、どうでもいい。

会社のことも、ゲーム実況のことも、デラックスとDXのことも、書き込みの速攻削除のことも……いやそれだけは普通にホラーなんでちょっとどうでもよくない……け、ど、も！

やってやんよ。

いもでんぷんのプレイヤースキルというものを、見せつけてやるよ。

開拓地は……人間は……お前なんかに台無しにされる筋合いはないってことを、思い知らせてやるよ。直接話法で言うとブッコロ。お前絶対コロスでんぷんだよ。

クロイちゃん。待たせたな。本当にごめんなさい。

最近はさ、アイドル状態になると画面の方を向いてくれるもんだから、それ目当てで放置していたって事情も……ごめん嘘（うそ）。ごまかした。いつもこうだ。いつも、こんなふうにして、いろんなことをやりすごしてきた。

夢をさ、見たんだ。クロイちゃんが出てくる夢だ。

その中で、クロイちゃんはもっと幼くて……名前も違っていた。

だけどわかる。君だ。あれは君で間違いない。

誰かにわかってもらえず、誰かに認めてもらえず、不器用にもがき苦しんでいた君……そして、大切なものを失(な)くしてしまって、もっと苦しくなった君。まるで自分を見ているようだった。

寒いよなあ。

叫び出したいくらいに冷たくて、叫んだって寂しくて、悲しいくらいに憤(いきどお)ろしい。

端っこにほっとかれる人間にとって、世界って、冬の砂漠だ。

君の声をさ、聞いたんだ。神に力を求める声。必死な声。

実は、その後も、うつらうつらしたときにとか、聞こえていた気がする。

ただの妄想だろうとは思う。夢と現実の区別が……大人としての分別がついてないだけのことかもしれないけど……もういいんだ。それでいい。それがいい。

心は、自前のこれひとつがあるきりで。

怒っているし、悲しんでいるし、口惜(くや)しいし、なんとかしたいって思うから。

だからクロイちゃん。一緒に戦おう。理不尽をブッ飛ばそう。そのための力ならあるんだ。やりこみぬいたプレイヤースキルと……君だけの特別なスキル。

ようやくの解禁さ。とうとうのお披露目さ。敵は多いがまとめて倒すぞ。

さあ、クロイちゃん！　死した勇者たちに召集をかけろ！

召喚(コール)……英霊(エインヘリヤル)！

34　魔術師は目撃し理解する、少女の怒りと哀しみの力を

神よ、敵を斬り払うための刃をワタシに。

そして力を。群れ来る敵を打ち砕くための、更なる力を。どうか。

◆魔術師オデッセン・VI◆

もう魔力なんざすっからかんで、炭杖も焼炎筒も使い切っちまったが。

「大丈夫だ！　安心しろ！　案の定、南端のここいらじゃ堀の水もおとなしいもんだ！　ここまでくりゃ、あとはちょぃいと冷てえ思いをするだけだぜ！」

諦めねえ。諦めねえぞ。

「筒だ！　空の筒つかんで飛びこめ！　おお、酒樽でもいいぞ！　中身ぶちまけてひっつかめ！　慌てんな！　空見て浮かんでりゃいい！　大丈夫！　人間ってのは浮くようにできてっから！」

頭がついてんだ。考えることをやめなけりゃ、できることなんざいくらもある。

「そうだ！　見ろよ、カッコイイだろが！　赤い外套の魔法部隊は、強いんだぜ！　ここにゃ化け物どもを来させねえから、ちょぃいと夜間水泳でもやってこい！」

化け物、か。

黄目がやべえってのは死ぬほどわかってたつもりだが、『黄金』め、そん中でも飛び抜けた化け

物だったな。なんだよ、あの雷の嵐は。桁違いの魔力でよ。

悟るぜ。あれは、あの『黄金』はきっと、世界を滅ぼすために存在してんだ。

今も空を覆う黒雲……傲慢に世界を見下ろして、どんなふうに壊してやろうかと唸り声を上げてやがる。グッグツと、死を煮詰めたみてえな色だが。

死ぬのなんざ怖かねえぞバカヤロウ。いつか必ず死ぬんだ。承知で生きてんだ。

「大丈夫！　エルフの姫さんは味方だ！　なんとかなる！　なんとかなるから……生きてりゃなんとかなるから！　生きろお前ら！」

だがよ、死なせたくねえやつらがいる。殺させるなんてとんでもねえってやつらが、ここにはごまんといるんだ。諦めねえ。諦めねえぞ。

「なあ、オデッセンさんよ」

「あ？　なんだ包帯男。黙って寝てろ。担架も人手も足りねえんだ。順番だ順番」

「いや、その順番、いらないって話なんだが」

何を言い出すかと思えば、こいつ……何たらパインとかいう、砦から来た軍官。

擲弾騎兵に運ばれてきたときにゃもうほとんど死体だったが、こういうやつは生き意地しぶといからな。身動きもできねえくせに、舌はまだ動くってか。

「火瘤弾だっけ？　あれさ、一個くんないかな」

「もうねえよ。あと燃焼魔法舐めんな。いきなり使えるもんかよ」

「ありゃ。それは楽しくないな……今度こそは吸血獣もろともにって思ったんだけどなあ」

「その今度はまたにとっとけや。怪我人は怪我人らしく、運ばれとけ」

「えー」

　せっかく助かった命だ。自爆なんてさせられねえ……とも言ってらんねえか。

　戦いの喧騒がもうすぐそこじゃねえか。担架の連中はもう戻せねえな。

「弾の代わりと言っちゃなんだが、短剣を渡しとく。うまく使え」

「いらない。っていうか使えない。見てわかってほしい」

「お、おう。そりゃそうか」

　クソが……とどめ、刺してやんなきゃか。生きたまま喰われるよりは、いっそ。

「ふうん。オデッセンさんの切り札って、短剣じゃなかったのか」

「……どういう意味だ」

「だって、最期に何か仕出かす気満々じゃん。弾がないんなら、血かなってさ」

「ほお？　鋭いことを言うじゃねえか。確かに血には魔力が宿る。だが精製しなきゃ使えねえよ。触媒としちゃ不安定すぎるんだ」

「へえ。精製したやつが切り札か」

「……ほんと鋭いな。こいつだ」

　巾着袋を膨らませる、白くて臭い、粗塩のようなもの。火塩。

　こいつの主な原料は人の脾臓だ。名門騎士の部下が、怪我でもう長くねえからって志願してきて……俺がこの手で処置して、精製した代物。

「正直な話、制御できる自信はねえ。それどころか魔力切れだかんな……死ぬ気でやって、発動させるのがやっとこだろうよ」

「なるほど。正真正銘の自爆ってわけだ。いいね」

「いいわけあるか、ボケ」

「いや、いいさ。結果は私が見届けるよ。だからがんばれ」

がんばれ、か。そりゃ最強の真理だな。結局のところ人生なんざそれがすべてだ。

さあて……来やがった。

あっちゃこっちゃで戦いは続いてるってのに、戦えねえやつらを嗅ぎつけてきやがった下劣なコンチクショウども。黄色い目のヴァンパイア。おいおい何十骨もか。

「よし！　ここは、この魔術師オデッセンさんが任されたぜ！　皆、堀へ飛びこめ！　助け合って浮いとけ！　そんで助かれよな！」

「あ、私はいいんでお構いなく。水につかったらたぶん死ぬし……え？」

ん、なんだ。えってなんだよ。よくしゃべるやつが黙ると気になるだろうが。

まさか水堀の側からも敵が…………え？

騎兵。

装備からして、砦からの援兵の……だがその色はなんだ？

黒くて、内側が赤く灯（とも）ってて、表面がチロチロと燃えてて……赤熱する炭みてえじゃねえか。

もう一騎現れた。さらに二騎。いや、もっともっと、続々と。

なんなんだこいつら。どっから出てくるんだ。こっちにゃ民と負傷兵くらいしかいねえはずなのに……軍の総力をもって逃がすべきやつらしか…………あ。そうか。そういうことか。

ああ、ほら、やっぱりだ。

クロイ。

燃える黒馬にまたがり、黒髪をなびかせ……うお、目が凄(すげ)えことになってんな。ついに火を放ったってか。魔力が漏れ出てんぞ。灼熱(しゃくねつ)の色のやつがよ。

赫怒(かくど)の眼差(まなざ)しだ。今までよりも熱く、深く、激烈な。

つまるところ、物言わぬ赤熱の騎兵たちは、お前さんそのものじゃねえか。

炭火みたいなもんっていえば、何のことはない、お前さんの二つ瞳だもんなあ。黒い硬質の奥底に炎を秘めててさ。敵を見つけりゃ見逃しゃしねえんだ。

だから、ほうらな。やっぱり。

騎兵が突っこむ。百騎からの、赤く燃える騎馬突撃だ。黄目を蹴散らしてく。まあ、反撃もされちゃいるな。何騎か倒されて、それでも全滅させたか。

いや違う。違うぞ、こいつは。

倒された騎兵は一度消えて……また現れるんだ。クロイの傍らに、すぐに再び馳(は)せ参(さん)じるんだ。

赤々と燃えながら、何度でも甦(よみがえ)り、クロイが睨(にら)みつける敵を滅ぼさんと戦うこいつらは。こいつらが。こいつらこそが。

聖典で言うところの、不死の軍勢なのか。

とんでもねえ。とんでもねえとしか言いようがねえ。そもそも言葉が出ねえ。

クロイ。クロイよ。

三百騎からの不死の騎兵を従えて、お前さんはまた戦うんだな。一戦士としてとんでもなかったお前さんが、今度は、とんでもねえ部隊を率いて戦うんだ。

その瞳に、人間全部の怒りの熱さと……哀しみの深さまで感じさせてよ。

「諸君……見事だ。見事な戦いぶりじゃないか」

おう、軍官は笑うのか。涙を流して笑うんだな。唇が震えてんぞ。

「……あんたの番は、まだみてえだな」

「楽しみだ。これは楽しみだな。是が非でもまた戦わないと」

「そうだな。あの中に交ざるにゃ、戦えなきゃなるめえよ」

「贅沢な人生だ。生き甲斐と死に甲斐、どっちも素敵なんて」

まったくもってそのとおりだな。

生を諦める必要がなく、死に望み絶える必要もねえんだから。泣けるし笑える人生だ。生まれてきた意味もあろうってもんだぜ。

ああ、クロイが征く。

耳長の蔑みに囲われ、虐げに射られて、ここは酷い所だぞ。黄目の驕りに蓋され、嘲りに弄られて、ここは惨い所だぞ。

まるで人間の世界を小さくまとめたみてえな、この理不尽極まる戦場へ。

お前さんは真っ直ぐに駆け入る。

尻ごみもしねえで。振り返りもしねえで。今も戦う誰かのために。助けを求める誰かのために。

人間の筆頭として。神の使徒として。

頼むぜ、クロイ。

いや……祈るぜ、神さんよ。

あんた様に仕える娘は、まだまだ年若いもんだから、適当にやるってことを知りゃしねえ。一心不乱なんだ。健気（けなげ）すぎんだよ。

どうか、犠牲にしないでやってくれ。

クロイひとりを生かすためになら、俺は……俺たちは、いくらでも死んでやる。喜んで糧にでも薪にでもなるし、不死にしてくれるんなら永遠にでも戦うとも。

だから、どうか……クロイに加護を。

どうか。デ、アレカシ。

35 童女は奮闘し挨拶する、世界へ分け入る少女たちへ

ワタシはひとりじゃない。

たくさんの想(おも)いが、ワタシを通じて、世界へと戦いを挑む。

◆童女シラ・V◆

神様はいつもいてくれるわけじゃないって、シラは知ってるよ。

戦いの神様だってことも、知ってる。戦いの鬼。鬼の神。鬼神様。

でもね、それだけじゃないよ。教わったことだけじゃないよ。

クロイ様をずっと見てきたから……クロイ様が見つめるどこかを、クロイ様を見つめるなにかを、ずっとそばで感じてたから……わかるんだ。

神様は、きっとクロイ様とそっくりさん。

強いけど弱くって、器用だけど不器用な、優しいがんばり屋さん。たくさん怒って、たくさん悲しんで、とっても疲れちゃう。心がクタクタになっちゃう。

それってつらいよ。何かをしてもらってばかりじゃ苦しいよ。一緒にがんばりたいんだよ。

お父さんもいつも無理してばかりで、シラは苦しかった。

それでも、おかえりなさいって言うために我慢したよ。そしたらお父さんは……。

だから、ね。

少し休んでていいよ。休むのも大事だよ。

大丈夫。大丈夫。大切なものはなくならないんだ。傷ついても汚れても、皆で一緒に護るから、ずっと大切なままなんだ。

シラだって、がんばって戦うんだから。

「ヒトガキめえっ！　枯れ葉に飼われた家畜の分際でぇ！」

暗い路地に、大きな声と大きな体のヴァンパイア。ギザギザのついた棒が武器。

「ひき肉になれ！」

一直線に思いっきり来るから、横に跳ぶ。凄い音と風。でも当たらない。すぐにまた跳ぶ。もっと跳ぶ。ピョンピョンと行ったり来たり。こうすると、たぶん次は。

「ええい！　鬱陶しいわ!!」

やっぱり横にブンってきた。イライラの大振り。お家の壁をえぐってくる。

高く跳ぶ。お父さんの手が引っ張ってくれる。

おごり高ぶるものは下しか見ないって、お父さん言ってたもの。うん、そのまま前へ押して。

ヴァンパイアを跳び越えて、その後ろへ。暴力を遊ぶものは前しか見ないんだもんね。シラはよく知ってるんだ。

「ぐおっ」

防具のない背中を、お父さんが斬る。膝の裏側も斬る。がんばって。

「ちょ、ちょこまかと……！」

振り向かれるより、シラがお尻へお尻へと回りこむほうが速い。オデッセンおじさんがもうやめてって言うくらい、シラはこれが得意だよ。

「おぐあっ⁉」

脇の下へ突き刺さる、お父さんの剣。いつも見せてくれてた技だね。強いんだ。

一度離れる。まだ倒せそうもない。ヴァンパイアはとっても頑丈だ。

焦っちゃダメ。少しずつ少しずつ。絶対につかまらないように。

「おいおい、苦戦してんじゃねえかよ。だっせえ」

「そろそろ交代でいいんじゃね？　捕まえたやつが喰っていいんだろ？」

「おいおいおい、腹ペコさんかよ。ギャハハハ！」

ヴァンパイアは多い。何骨もいる。屋根の上にもいて、こっちを見てる。

シラを戦わせて、シラで遊んでるんだ。どうやって食べるかとか、どこを食べたいとか、そんな怖いことばっかり話してる。

でも、これでいい。こうしてないと、シラじゃ止められない。

ここは長屋街。路地の奥には、逃げ遅れた皆が隠れてる。通しちゃダメなんだ。シラががんばらなきゃ、皆を食べられちゃうもの。

「なあ、ちょっとだけ手助けしてやろうぜ」

「お、いいねえ。当てたやつは当てたところ喰えるってのはどうだ？」

石。後ろのヴァンパイアたちが拾って投げてくる。

暗いし、シラにはよく見えないけど、平気。全部お父さんが防いでくれる。怖くない。遠くから遊び半分に傷つけようとするものは、相手にしちゃダメ。そうだよね、お父さん。

わ、何、お父さん。急に引っ張るなんて……わあ。

おっきな水の玉が落ちてきて、それが地面に弾けて、たくさんの水飛沫。すごい。お父さんの手が何本にも見える。それくらい速く動いて、全部を手で払ってくれてる。

ヴァンパイアたちは……痛がってる？　それとも苦しんでるの？

今の水玉、毒なんだ。そういう魔法なんだ。

じゃあ、エルフに助けてもらったの？　そうなるの？

でも、シラ、すごく苦しいよ。水、全然浴びてないのに。息が、しづらいよ。

あっ。もしかしたら空気かも。オデッセンおじさん、研究室で、鼻と口を布で押さえてたもの。そうしないと、湯気じゃなくても、細かい水を吸っちゃうんだって……。

「うがあっ！　どいつもこいつも腹立たしいわ！」

来る。トゲトゲの棒が来るよ。

でも、足が動かないよ。跳べないよ、お父さん。

「あうっ」

ぶたれた。吹き飛ばされちゃった。

痛い。すごく痛い。でも、シラ、まだ生きてるよ。

お父さんが剣で防いでくれたんだね。地面にぶつからないようにもしてくれたんだ。がんばってくれてありがとう。すごく嬉しい。

シラもがんばる。苦しいけど大丈夫。ひとりじゃないから大丈夫なんだ。

剣は……あんなところにある。シラの手もお父さんの手も届かない。

「てこずらせおって。おとなしくしておればひと絞めで済んだものを」

手。恐ろしい手が来る。

奪うばっかりで痛いばっかりの手。自分のためだけに伸ばす手。人間を適当にあつかう手。

シラを殺す、手。

「……そんな手になんか」

お父さん、お願い、シラを起こして。

最後まで戦うために。負けないために。

「シラは、絶対に……！」

黄色い爪の、毛むくじゃらの手が……あ……斬られて落ちた。

お父さんの剣だ。でもお父さんが振ったんじゃない。黒くて赤い兵隊さんがやった。誰だろう。

顔はよく見えないけど、どこかで会った気がする。

「な、き、貴様らは……ぐがあっ⁉」

もう二人、同じ色の兵隊さん。三人でヴァンパイアを倒してくれたんだね。

あ、剣を返してくれるの。ありがとう。これはお父さんの剣なんだよ。

頭を撫(な)でてくれる。三人とも優しい手……撫で方がそれぞれ違うね。

この感じ……あ、なんだ。シラわかっちゃったよ。

ポンポンしたのはラキアルお兄ちゃんだ。サスサスするのはアポロスおじさん。それで、頭全体をつかんできたのはロクトンくん。シラと一緒に遊んでくれた三人だ。エルフと銀豹(ぎんぴょう)に殺されちゃった三人だ。

わあ。屋根の上のヴァンパイアたちも倒しちゃったんだ。

赤と黒の……あれは傭兵さんたちだね。さっきまで一生懸命シラたちを護ってくれてた、赤獅子団の人たちだ。

そして、石を投げてきたヴァンパイアたちを倒したのは……クロイ様たち。

馬も赤と黒だ。死んじゃった馬も、また一緒に戦ってくれるんだね。騎兵の人たちも、きっともうたくさんがんばってて、それでももっとがんばってくれるんだね。

あったかいな。皆して赤く灯って、夜なのに夕焼けが戻ってきたみたい。

胸の苦しさがゆるゆるとあったまって、溶けてくよ。

この色、シラは大好きだな。お父さんが帰ってくるときの色だもの。疲れた疲れたって笑うお父さんは、この色に染まって、ただいまって言うんだ。だから皆も。

「おかえりなさい」

赤と黒の皆はシラを見てるだけ。クロイ様だけが、小さくうなずいてくれた。

そして待ってる。皆、シラの次の言葉を待ってくれてる。

うん。お返事はなくても、シラはわかるよ。皆の想いを感じるよ。

お家に帰ってくるのとは違うんだ。逆なんだ。休むためじゃないんだ。もう戦わなくてもいいよっていうところから、皆は戦うために帰ってきたんだ。

だから、シラは笑って言わなきゃなんだ。

「ありがとう。がんばってね」

大きくうなずいて、クロイ様は行く。皆と一緒に行く。戦いにいく。

この世界をこのままにはしておかないって、クロイ様は言ってたね。人間がいなくてもいい世界なんて我慢できないって、怒ってたね。それが戦う理由だって。

エルフも、ヴァンパイアも、クロイ様を知るよ。知らないふりなんてもう無理だよ。

朝と夜との間には、いつも夕焼け色があるもの。

朝焼けも同じ。世界ってそういうところ。

クロイ様がいるんだぞってことは、空が教えてくれる。人間がいるんだぞってことも同じだね。

叫ぶよりずっと遠くまで伝わるんだよ。

もう大丈夫だから。想いは届くから。

いってらっしゃい、クロイ様。いってらっしゃい、皆。

36　黄金は蹂躙し対決する、人間の使徒の黒髪の少女と

ワタシとアナタは同じで違う。

同じだから出会い、違うから闘う。これは運命だ。

◆黄金＊＊＊＊・I◆

捕まえたエルフ女の血は、まずまずの味。うふ。この数年では一番の出来かしらね。

肉のほうはダメ。エルフはどれも骨と筋ばかりだわ。

でも、この《石塔》の上から投じてやると少しは見物ね。パッと弾けて狼たちの餌となる。

「貴様……ふざけた真似を！」

「貴方様、もしくは『黄金』様でしょう？　痩せ枝」

水の鞭など私に届くものか。懲りもせずのそれを、いっそ片手で捕まえて。

「ぐ、があああっ!?」

「みっともない鳴き声ねぇ」

私の《雷撃》は素手でもこのとおりよ。木っ端エルフの魔法なんて、破壊するだけに留まるものではないわ。

誰あろう、私こそが『黄金』。

いと高きに在って下々を睥睨するのが当然なの。摂理なの。神授の権利なのよ。風を操るエルフとて、私の見えるところでは飛ぶこと叶わず地へ伏せる。水を操るエルフならば、そうね、水芸にでも工夫を凝らせばいい。今のではダメね。

「ち、血吸い、ごときに……」

あら、まだ動くの。処理係の下郎どもを退けるなんて、少しはやるじゃないの。

「女の、ごときに！　見下される謂れなど！」

「女を見上げながら何を言うのかしらね」

つま先で足場をついて、土魔法《土槌》。

ほら、隆起する土の衝撃で舞いなさいな。思い上がりや浮かれものにはふさわしいザマよ。

この程度のことで……《流界》の包囲程度のくだらない代物で、『黄金』である私を罠にはめたつもりだなんてね。無礼千万だわ。橋なんて、下郎や狼を餌場へ移動させやすいだけのものでしかないのよ。

私はただ、ほんの少しおもしろそうに感じたから、ここへ来ただけ。

暇つぶしの下天で、わずかな娯楽を求めただけ。

思いのほかてこずったけれどね。忌々しい『万鐘』め。いつもいつも滑稽な術で私の雷に対抗してくる。専守の能力など、臆病とどう違うというのか。

「う……お、俺は……」

「憐れなものねえ。弱く、愚かで、醜いだなんて」

うふ、いいわね。エルフには地べたを這いずる姿がお似合いだわ。

いかにも惨めで、ちょっぴりは胸のすく思いよ。

「喰われ際の神妙さを評価して、真理をふたつ、教えてあげるわ」

聞き、肉体だけでなく精神までも死ぬがいい。

「神にとって、世界なんて遊戯の盤面よ。魔と竜、強弱の駒を指し合って巧拙を競っているだけ……そんなものの端くれで、お前は獣の餌として終わるの」

ひとつ目。私の悟った真理は誇りを奪う。自尊を許さぬ非情の理。そして神の語った真理は……ふたつ目のそれは、運命を断ずるものよ。

血の気と心の拠り所とをどちらも失って、さあ、絶えていけ。

「つまらなくも意味のない生だったわね。神いわく、有象無象のやつばらにとって、畢竟、生きるとは地歩を失うことでしかないのよ」

うっふ、いい果て顔。十年に一度の逸品かしらね。

楽しめたわ。それはとても大事なことよ。神に選ばれた者にとっては、それだけが大事なことなのよ。おもしろそうなものを選り分けて、ひとしきり楽しむことだけが。

その程度のものよ、こんな世界。

見渡せば、ただのいつもの愚景。下賤な餌漁り。ヴァンパイアとエルフが争い、人間が巻きこまれる……いつもよりは人間がしぶといけれど、所詮はしぶといだけのことよ。

夜が明けるのを待たずに皆滅ぶ。この地は喰い散らかされる。

こんなものかしら。結局、こんなものなのかしら。

火魔法なんて使ってくるから、手を叩いて喜んだのだけれどね。下郎どもをまとめて灰になんてするから、百年ぶりの当たり年かと期待したのにね。

特にあの、一騎で大暴れした人間。

ヴァンパイアに勝るとも劣らない獰猛さ。目を見張る苛烈さ。灼熱の眼差し。

あれはなんだったのかしらねえ……人間の中から鬼が飛び出してきたのかと思ったけれど……私に顔を見せることもなく終わってしまって。

人間、か。

神が放っておくべしと勅命してきた種族。貧弱な食肉。被虐的な家畜。明日には滅亡してもおかしくないというのに、今日、地を耕し種を蒔く者ども。

ある程度のちょっかいはかけてもいいと、神は新たに言ってきたけれど。

何をさせたいのかしらね。戦略を伺いたいものだわ。大陸を統べるための最善手も最短手も採ろうとしない神は、いったい何を………ふうん？

下郎どもが押し返されてきたわ。人間どもが勝ち鬨を上げているわ。

声が聞こえるわね。人間の神を讃える声が。希望の言葉が。

溶岩のように熱気を発する群れの中心には……使徒。

あれが人間の使徒。黒髪で赤眼の戦乙女。

うっふふ。

そう……そういうこと。

これを待っていたのね。我が神。

とっくの昔に滅ぼせていたはずの人間を、エルフと協定を結んでまで保護して、大陸の南端に存続させてきた理由……長らく不明だったそれが、今わかったわ。

贄ね。

絶望を苗床にして生じ、辛苦に育まれ、執念に磨かれる力……三つ目の強力な属性を欲してのことだったのねえ。

やあだ、神も人間みたいじゃないの。種を蒔いて実りを待っていただなんて。

それで？　私に、採取しろと？　あれをもぐ下郎仕事をせよと？

くだらない……けれどおもしろいわ。

下手を打てば神罰をもって殺されそうよね。そのくせ上手に運べばヴァンパイアという種族そのものが滅びそう。うふふ、きっとそうなるわ。

とても刺激的ね。たまらなく破滅的で、この上なく享楽的よ。

「そこのお前。そう、お前だ」

ならば楽しもう。大いに遊ぼう。魔力を目一杯に漲らせて。

「名乗りなさいな。人間を率いる者の矜持をもって、堂々と、優雅に、美しく」

「……クロイ。火兎守。鬼神の使徒」

「そう。私は『黄金』よ。名など忘れた、魔神の使徒の」

この距離でも声が通じ合う。当然のことね。

選ばれた者の声は世界に響き渡る。世界が聞かんと欲するままに、聞こえていくものよ。

「何をしに来たのかしら。この『黄金』のもとへ。古今最強の強者のもとへ」

「わかっているはず」

「いいえ、わからないわ。エルフならばわかる。エルフの使徒ならば、私は笑って宿命の闘争をはじめるだろうけれど……お前は人間よ。おこがましいばかりで」

「……戯れる」

「あら、ふざけているのはお前よ。地べたにいてすら頭が高いわ」

あごをしゃくる。下郎どもを跳びかからせる。

さて、手並みのほどは……うふ、いいわね。自分は何をするでもなしに、周囲の赤黒い兵士に迎え撃たせるなんて。あれらは精霊か眷属の類いかしらね。火の魔力を感じるわ。

お互いに手駒を潰し合って……いえ、おかしいわね。減らないわ。

下郎どもも狼どもも消費されていくのに、赤黒の兵士は陣容が変わらない。むしろ増えていく。

召喚術、かしらね。嗅ぎ慣れた神の腐臭も漂っていることだし。

「どうして、そんなに抵抗するのかしら」

問おう。そしてお前の力を解析してやろう。

召喚術は他の魔法と違う。根本的に異なっている。

その本質は、つまるところが、お前の世界観そのものなのだ。

「どうして、人間として生まれておいて、食肉なり家畜なりに甘んじていないのかしら。いつにおいてもどこにおいても、人間は苦渋にまみれているのが分相応というものよ？」

「……自分らしく誇らしく、在るため」

「人間であることの宿命が、悲惨なれと望んでいても？」

「人間らしさは人間が決める」

ああ、そう。そういうこと。

逆襲のつもりなのね。

身の程知らずにも抗(あらが)おうというのね。作物として保護されてきた分際で。この夜に徒党を組み、身も心も火炎と化して、『黄金』へ挑もうというのね。

「躾(しつけ)が必要ねえ」

小召喚(アセプト)……雷配(フルグロッド)。

私だけに許された武器で、お前を打ち据えてくれよう。天下に号令するための硬鞭(こうべん)で、人間に人間らしさを調教してやろう。

「まずは、そう……慄(おのの)きなさいな。『黄金』の眩(まばゆ)さに！」

雷配を突き付け、雷魔法《電光》。

うふ、いい音。回避不能の衝撃だもの。よく味わいなさいな。しびれるだけで済むはずもないわ。眼球も心臓も破裂してしまったかもしれないわ。

煙すら上げて倒れ……倒れたのは赤黒の兵士たち？　数騎で庇(かば)ったか！

どこへ。そこか。駆け来る。うふ、滑稽な。騎馬でこの《石塔》をよじ登るつもりかしら。それとも跳び上がろうとでも。

突いた！　虚空から握り取った槍(やり)で、塔を突いて……私の魔法を破った⁉

そういうことをするのね。そういう、私と同じようなことを。見事にも私を地へ降ろすことには成功したけれど。

しかし、その程度で私と同じ高さに立とうなどとは。

「無礼者。地の底でへりくだるといい」

土魔法《陥穽（かんせい）》。大穴へ落ちろ。このあたりの地面は既に私の支配下に……何⁉

もう駆けていた。もう跳んでいた。

もう、目の前に、馬蹄（ばてい）と槍の刃が。

雷配が間に合わない。受けられない。刃に猛（たけ）く、火の魔力……！

交差しただけで伝わる、この熱気。

「やって、くれたわね……」

頬が熱い。焼けつく痛み。触れても指は濡（ぬ）れず、ただごわつく。裂くような火傷（やけど）。

「やってくれたわね！　貴様！　よくも……」

点。鋼の点が見える。これは槍の穂先！　投げつけてきたか！

打ち払った。雷配で叩き折ってやった。これであいつは得物を失わ……ない！

来る！　騎馬の突進が迫り来る。手には長柄。おのれ、馬上から私を見下ろすばかりか、下馬もせず斬り払おうだなんて。

「粗相のほどが、すぎる！」

正面から受けて立って、雷配の一撃。私の《雷撃》の前には騎馬突撃など無力よ。

四散した残骸は……赤黒の……馬だけ？

「ぎゃっ⁉」

背中から尻まで、熱いとも冷たいとも知れない、何かしら致命的な衝撃。

視界に舞う黒髪。オノレ。徒歩での長柄は返す刃の構え。キサマ。斬り下げてさらに斬り上げよ

うてか。ニンゲン。赤き瞳に映すのは私の首かアアア‼

「ンダリャアッ」

雷配をぶつける。むりやりにだ。

雷魔法《電身》による身体高速化を最大限に発揮して、首刈りの二撃目ごと吹き飛ば、せない！

この私と力比べなどと！

「き、貴様ァアァ……！」

燃える瞳をさらして、この、人間の使徒めが！

37 影魔は陰見し俯瞰する、黄金の日々と神々の戦記を

神はワタシと共に在る。
同じ世界を見ている。同じ地平を望んでいる。きっと。

◆影魔ターミカ・Ⅲ◆

なんという神話なのだろう、今夜のこの有り様は。

私の《陰見》は多角度かつ広視野。つまりは紛うことなき現実がこれとはね。

こと戦闘においては大陸に並ぶ者なき強者であり、ヴァンパイアの使徒筆頭であるところの『黄金』が、人間を相手に必死の戦いを繰り広げているなんて。しかも最初からずっと押されっぱなしだなんて。なんだかもう、想像を絶するよ。

だって、『黄金』はドラゴンとすら対抗できるんだ。事実、撃退もしている。

彼女は本当に強い。何しろ手札の多さが凄まじい。他の追随を許さない。

雷魔法と土魔法のどちらをも自在に操るその一方で、身体能力が極めて高く、近接格闘術にも長けている。ましてや召喚術で神器を呼び出し武器とするのだから、遠近自在にして攻防自在。どの一手にも決定力と応用力がある。

そしてなによりも、彼女は文字どおりの意味における百戦錬磨だ。戦闘技法が完成されている。

相手の隙を逃さず自らは隙なしの構え。

そんな彼女が……彼女の選ぶ最適手段が、ことごとく潰されていくとはね。

例の異常人間、いったい何者なのか。いや、使徒なのだろうけれど。

ああ、ほら、力比べからの肘打ちをかわされた。急にしゃがまれたものだから、前のめりになってしまった。体勢の戻しは迅速。それでも既に脇腹かどこかを斬られたようだね。長柄はむなしく転がっている。新たな短剣で斬られたのか。

「ンリャア！」

凄い声。彼女は猛然と襲いかかるけれど、相手がいない。敵使徒はするすると彼女の背後へと移動する。《電身》で高速化しているであろうに翻弄されている。

「グガッ」

そして、薙ぎ払わんとしたところをまた斬られた。

敵使徒、凄いな。彼女の頭上を跳び越えつつ後頭部を斬るとはね。今度の武器は片刃剣か。得物自在とはまたなんとも器用な。

「ダア‼」

勢いよく《電光》が放たれた。神器によって増幅されたその威力は、しかし、小屋だのなんだのを破壊するばかり。そこにはもう相手がいない。

敵使徒は、おやまあ、爆散したはずの馬にまたがって距離を空けてしまっていた。

うん、今の退避で確信したよ。

彼女の行動は、ほぼすべて先読みされている。

もともとおかしいんだよ。どんなにか鍛えたところで、人間の身体能力はヴァンパイアのそれを凌駕できない。《電身》による強化もある。まともに競い合えば『黄金』は敵使徒を圧倒できるはずなんだ。

ところが、実際には彼女はあのやられ様……その理由が先読みなんだね。

動きはじめるよりも早く動かれている。いや、動こうと思うよりも早く動かれているのかも。さもなければ、雷を避けられたことを説明できないのだし。

速さよりも早さが勝る、か。

見抜いてしまえば当たり前のことだ。少々哲学的ではあるけれど。

あらら。彼女は相当に疲弊している。

「キ、キサマ……グフウ……ウウウ！」

それはそうだ。ああも空回り斬られまくりというのもあるだろうけれど、彼女はさっき《天雷》を連発していたからね。第二段階の召喚術を併用してのことだから、消耗は大きかったろう。連戦のツケだね。

それでも彼女は『黄金』だ。決して退かず、怯まず、うつむかない。

そら、赤黒い騎兵たちが突撃してきたけれど、彼女はその場から半歩も逃げようとしない。地を強く踏む。土魔法《石盾》。衝突させ、それで終わらずに。

走り、跳ぶ。盾というよりはもはや壁であるものへ、跳び蹴りだ。

蹴り倒すことがそのままに進路確保と前進になる。ヴァンパイアの伝統戦技のひとつだね。エルフの《流界》対策であるこれも、彼女がやると実に強力な攻撃だ。

ああ、しかし……それも読まれているよ。

着地した彼女を左右から挟むようにして、赤黒い兵士たちが長槍を構えている。穂先をそろえて突進してくる。同士討ちを厭わない勢いだ。

彼女は、それでも逃げない。

「ウリャア！」

右の手は雷配による薙ぎ払い。穂先もろとも兵士たちをも吹き飛ばすほどの。

左の手は《電光》。熟練の技でもって範囲を拡大させ、兵士たちを蹴散らす。

まさに『黄金』だ。不退転の戦法。卓抜の絶技。凄まじいのに。

先読みされていた。

正面から真っ直ぐに飛来する、赤い魔力を刃にまとった、ひと竿の投げ槍。

突き刺さった。

『黄金』たる彼女の胸を深々と貫いて……貫通して、火を放った。

「ガ、アアアアア！」

おお、火と雷が絡み合う。自らを燃え上がらせようとする魔力に対して、彼女もまた魔力で対抗しているんだ。怪力も振るう。槍をへし曲げて……折って捨てた。

満身創痍だね。金色の髪も焦げて、ぶすぶすと煙まで上げていて。

それでも威風あたりを払う。『黄金』は実に『黄金』らしいままだ。

「……クロイ、といったかしら」

おっと何やら語り出した。

これは聞いておかなければ。もう少し近づいて……。

「見事だわ。鬼神の使徒のクロイは、この『黄金』に勝利した。偉業よね。今日という日は大いに語り継がれるわ。人間の輝かしい逆襲として、種族を問わず誰しもの胸を打つ……この大陸の歴史が続く限りにおいて、だけれど」

近づくと、わかるね。

彼女はもう滅ぶ。滅ぶこと自体は、最初に背中を斬られたときに定まっていた。

意志と魔力はそのままだけれど、もう身体（からだ）がいけない。触れられてはならない深奥を削られてしまって、毛先が指先が足先が、サラリサラリと乾いていく。灰になっていく。

「私には、選択肢が残されているわ……うふふ……貴女（あなた）にもそれとわかっているようね。だから武器を手放せない。そろそろ魔力が限界だろうに、必死に手勢を維持して、私の隙をうかがっている……熱い眼差（まなざ）しよね」

魔力が渦巻く。この期に及んでなお、彼女は『黄金』だ。切り札を出すのか。

使徒だけが使う特殊な魔法、召喚術。その極みたる第三段階。

かつてエルフの筆頭使徒『絶界』に対してのみ使用したそれは、《大召喚（サモン）・天魔（デーモン）》。

デーモン。恐怖の巨怪。魔神の上位眷属（けんぞく）。

そんなものを召喚されたなら、ここら一帯は、焦土と化すだろうけれど。

「安心なさいな。私は何もしないほうを選ぶ。今あれを召喚しようものなら、なけなしの魔力まで根こそぎにされてしまって、私は消滅する。そしてあれだけが残る。生（い）け贄（にえ）のように終わるなんて惨（みじ）めだわ。『黄金』らしくないわ」

うん、実に彼女らしい選択だね。

魔神の筆頭使徒でありながら、魔神に支配されることを誰よりも嫌った誇り高きヴァンパイア。

それが彼女なんだから。

だからこそ、お近づきになりたかったんだけれど……ね。全身を舐(な)められるとはね。

「……召喚術は、術者の世界観の表現よ」

使徒にしかわからない感覚なのかもしれないけれど、でも、わかる気がする。

「私は世界の頂(いただき)に君臨したかった。その資格があると思っていたわ。だから、まずは天下に号令する象徴を欲した。次いで、天を包み地を統べる影響力を欲した。そして最後に玉座を求めたら……神は、手駒のひとつきりをよこした」

なるほどね。伝わる願望があって……察せられる挫折もまた、あるよ。

「こんなものかしらねえ……私の生きた世界は。造り出された身には、震えるほどに素晴らしいものと映ったものだけれど」

灰になっていく。塵(ごみ)へ戻っていく。

ヴァンパイアの最期はいつだって物悲しい。エルフや人間と違って、自然へと還(かえ)ることができない種族だからね。

「クロイ。人間の貴女は、どういうふうに生きるのかしら。この、素晴らしいはずの世界で……神の遊び場と堕した世界で……どういうふうに死ぬのかしら」

子どものように笑って、名もなき『黄金』は。

「神を口惜(くや)しがらせるくらい、楽しければいいのだけれど」

散り果てた。

後に残るのは、傷のつけられた黒い石がひとつ。

大丈夫。これでも私は側近だからね。君の遺石を人間の手には渡さないよ。彼らの凱歌（がいか）も浴びさせないし、この地で朝を迎えさせもしない。

だから、まあ、ゆっくりとお休みよ。

後事は生者に託して、ね。

38　ドラデモ的ゲームの夢と悪夢のリアルと

神よ。ワタシがすべてを捧げ、ワタシにすべてを与えた神よ。
その心に安らぎを。激しさを今は静めて、どうかワタシと……。

◆いもでんぷん・その後◆

ん……？　今、誰かに呼ばれたような……なんだろ？

随分と疲れている。身体が重くて、頭がぼうっとする。咳がないから大丈夫だとは思うけど……何が大丈夫なんだっけ？　ま、インフルかノロじゃなきゃいいや。

ゆっくりと目を開けると……随分とレトロな天井だ。照明もないとか。

カーテンを揺らす風。遅い朝にして早い昼って感じかな？

ベッドもまた質素というかなんというか。硬い。枕もなんだかなあ。寝具と靴だけはしっかりとお金使わないとダメなのに……って、わわわ、小っちゃい女の子がベッド脇からうつ伏せ寝している。なにその居たたまれない看病スタイル。

「ん……クロイ様」

綺麗な子だなあ。銀髪がサラッサラだよ。華奢な首に巻かれた包帯が痛々しい。寝るならちゃんと寝なきゃダメじゃん。

「クロイ……様？」

きょとんとしちゃって可愛いな。

ああ、その剣、本当に大事にしているんだね。少し歪んじゃったっぽいけど……なあに、撃破ボーナスを割り振っておけば大丈夫さ。効果永続だしね。

「え、わ、お父さんの剣が……綺麗になった？　それにあったかい。すごく」

んん？　妙に焦げ臭いな。外から漂ってくる。なんだろう。火事とかじゃないといいんだけど……うわあ、もろに火事の後って感じじゃん。窓の外。

「クロイ様なのに……もしかして……」

酷いもんだなあ。

あっちもこっちも建物が崩れていて、まだ煙の上がっているところも多い。

あれは北門かな。えらいことになっていますな。そっちの石の山は《石塔》やら《石盾》やらの跡か。片づけ超大変そう。地盤沈下とかしないといいけども。

丁寧なノックの音。どうぞ、と答えた声が変な感じだ。喉に触れる。んんん？

「やあやあ、お目覚めになられたようでなによりです！　昨晩は勝ち鬨の最中に倒れられまして心配至極でしたよ。エルフの秘薬様々ですねえ。ヤシャンソンパイン君のときにも痛感しましたけども。さて、すぐにも何か温かいものを運ばせましょう。ちょうど僕も小腹が減ったところでして」

ひと息でよくしゃべるなあ。小腹っていうか下っ腹が出ている感じだけどな。

「そうそう、一晩の間にもいろいろと動きがありましたのでご報告しますね。ああ、ご無理はなさらず楽な姿勢でどうぞ。訓練のほうも今しばらくはご自重ください」

楽な姿勢か。確かになんとも身体がだるい。

特に腕なんて……とってもスベスベだけども。なんだコレ。超いい肌触りなんですけど。

「まずヴァンパイア軍ですが、完全に撤退した模様です。周囲の山林に潜む一骨とてなく、それどころか周辺地帯からも引き揚げたようですね。エルフによりもたらされた情報ですから、ある程度は疑問符をつけておくべきですが……おおむね事実ではないかと」

うーむ。なんだ、この手は。

指が長く細く、たおやかで綺麗で、そのくせ手の平は硬くてマメが多い。爪も割とボロボロだ。

「そのエルフ軍ですが、なんと軍事同盟に関しての打診が来ています。現場判断とはいえ竜帥の権限による提言ですからね。どういう経過をたどるにせよ、おおよそ想定の範囲内に収束していくものと思われます。暫定的には、駐屯継続ですね」

どうも、身体のあちこちがこんなふうだなあ。傷ついているっていうか、痛んでいる感じ。

どうしてこんなことに……ああ、そうか、戦い続けているからか。

「問題は、むしろ人間の側かもしれません」

そうか……クロイちゃんなのか、この身体は。いつだかの夢を思い出すなあ。

「僕、ウィロウ卿（きょう）、アンゼ殿とそれぞれに伝手（つて）を使って動いてはいますが……何しろ事が事ですからね。ほんの少し判断を誤るだけで、大変な混乱が生じることとなるでしょう。あるいは内戦という最悪の事態も起こりえます。くれぐれも慎重を期さねば……」

じゃあ、この光景はドラデモの中の出来事なのかな？

目の前でよくしゃべる小デブはあの腹黒司祭で、剣を抱えた女の子は従僕のシラちゃん。

うん、そんな感じだよな。

「おい！　クロイのやつが目を覚ましたって、うわ押すな、ひょわあああっ!?」

今まさにダイナミック集団入室してきた面々は、と。

先頭で転がったおっさんが魔術師で、押した若い二人はイケメン騎士の有力部下かな？　そのイケメン騎士は悠然としていていかにもイケメンですねよくわかります。でもなんでミイラ男みたいなのをお姫さま抱っこしてんの？　美魔女っぽい人が呆れているよ？　渋い軍人なんか渋面よ？

「なんですか、皆さんそろって。クロイ様はお疲れなのですから、ドタバタと騒々しいのはいただけませんねえ」

「あたしが汁麺をこさえていたら、我も我もっていう勢いでねえ」

「おや、まだ昼餉までには時間がありますのに」

お前が言うな的なことが口々に叫ばれた。あはは。そりゃそうだ。

美魔女がお盆に乗せた碗は三つ。小さいのはシラちゃんで、中くらいのがクロイちゃんだろ？で、特大かつ聖印つきのは誰のだって話だよ。托鉢用だとしたら超強気な碗だよ。

「俺たちは別に食い気で集まったんじゃないぞ、まったく」

「それはどうだろうね。オリジス兄上はいつでも腹ペコだから」

「マ、リ、ウ、ス！」

「後にしろ二人とも。御僧、クロイ様に報告は」

「だいたいのところは申し上げたところですよ」

「もがもが」

「おや、我が朋友はついに口まで怪我をしたのですか？」

「……悪いが俺が巻いた。暇なのかピーチクパーチクうるさくてな」

「おお、ザッカウ殿の手技でしたか。正しい判断だと拙僧は支持しますよ」

「っつうか、おい、クロイは大丈夫なのかよ。昨日の今日だ……ぞ……」

ああ、楽しいな。笑っても笑っても、どんどん笑いがこみ上げるよ。

これが開拓地なんだ。開拓地の皆なんだ。このうどんも凄くおいしい。実は食べてみたかったんだよね。こんなにあったかい味だったんだなあ。

夢だな。

うん。夢だ。これは素敵で楽しい、ゲーマーのための夢だ。

現実のいろいろに疲れて、どうにもならない日々にうんざりして……流されるよりなくなっているくせに、それでもなにかをやりたくてたまらないから、起動する。やりこむ。目に見えて結果が出るから、のめりこむ。充実する。

ゲームなんかに本気になっちゃって、なんて言うやつもいるけどさ。

でも、現実逃避とは違うんだよ。だって真剣だ。だから感動が本物だ。

この心ひとつで生きているんだから、喜びも悲しみも、怒りも、全部が真実なんだよ。

主流な考えじゃないんだろうなあ……でもいいさ。脇役でもいいんだ。

ゲーマーは、いつだって主役を応援する気満々だもの。

「神……様？」

シラちゃんの声。うん、そうだね。この残酷極まるドラデモ世界じゃ、人間に必要なものはまさにそいつさ。鬼神とかいうやつ。今んとこまだ弱いっぽいけど。

でも、期待はできると思うから。

「希望はある」

力強く断言する。うむ。鬼神パワーが足りない分は、不肖いもでんぷんがプレイヤースキルを駆使してフォローするもの。ね、クロイちゃん。

「……うん」

おお、クロイちゃんに返事されたよ。自問自答風だけど、もう離れていかないからね。ちゃんと聞こえたよ……ああ眠い……夢の中でも眠いとかどんだけー。

でも、いい夢だ。本当にいい夢だなあ。

うぐぐ……いい夢だったのにさあ。

気づきたくないほどに、頭が痛い。こみ上げる吐き気もやばい。そしてなによりも尿意が。尿意がもうダメだあ！　うわあ、胃袋も容赦なくロッケンロール！

トイレへ！　とにかくトイレへ！　神よ！　うおおおお！

どう、にか……どうにかした……人間、死ぬ気でやれば奇跡も起こせるもんだー。

などと悟ったところで、なんという残酷な現実が目の前に広がっているんだ。

寝落ちじゃん。

これ完璧に酔っ払いの寝落ちプレイじゃん。しかも録画しちゃったし。

最悪だ。ドラデモのガチ勢を自称しておきながら、戦争イベント前に飲酒とかワロえない。アホじゃん。とんでもなくギルティじゃん。

いや、そもそも……どんなだったっけ。戦争イベント。

ええっと……無茶な突撃して、なんでか助かって、《コール》系使って巻き返して……やばいものすごくうろ覚えだ。トイレが衝撃的すぎて、記憶もがっつりレインボーした気分だ……頭もガンガンするし……ううう。

あ、ドラデモは今どんな具合だろう。モニターを確認っと。

おやあ？　クロイちゃんは、なんだってそんな、皆に囲まれているの？　祈られているの？

え、イベント？　違うよね？　だ、大丈夫なんだよね？

とりあえず観戦モードにしておくとして……ここは録画内容をチェックしなきゃだよなあ、どう考えても。自らの罪と向き合うのだ、いもでんぷん……うぐぐ。

んん？　なんだこのアイコン。メール通知？　メーラー起動していたっけ？

なんじゃらほいっと…………なんだ、コレ。

読めないし。

っていうか、どこの外国語だし。アルファベットの上や下にコンマとかついているし。

こういうときは、一部をコピペしてスペース開けて「何語」って検索だ。インターネットは便利だよね……ルーマニア語ってなんでやねん。そんな取引先ないんですけど。

ま、まあいいや。翻訳サイトさん、出番です！

……は？

なにさ、この内容。

「希望とは未来に対してつく嘘である」って…………なんなのさ。

なんで……なんだってこんなにも……腹が立つんだ。吐き気も吹き飛ぶくらいに！

かすがまる

1979年生まれ。東京都出身。大学在学中に学習塾を設立し、数学、国語、小論文を担当する。ネット小説を読み漁るようになり、「小説家になろう」に投稿を開始。「小説家になろう大賞2014」でMFブックス部門優秀賞を受賞し、2015年に『火刑戦旗を掲げよ!』(MFブックス)でデビュー。

レジェンドノベルス
LEGEND NOVELS

ゲーム実況による攻略と逆襲の異世界神戦記 1

2018年11月5日　第1刷発行

[著者] かすがまる
[装画] 海鼠
[装幀] 川原経義(トレスアミーゴス)

[発行者] 渡瀬昌彦
[発行所] 株式会社講談社
〒112-8001 東京都文京区音羽2-12-21
電話 [出版] 03-5395-3433
[販売] 03-5395-5817
[業務] 03-5395-3615

[本文データ制作] 講談社デジタル製作
[印刷所] 凸版印刷株式会社
[製本所] 株式会社若林製本工場

N.D.C.913 334p 20cm ISBN 978-4-06-513590-7

レジェンドノベルス
LEGEND NOVELS